義兄ヴァンパイアは毒の乙女を囲い込む

第一章　秘めた想い

満月が宵闇を照らす明るい夜だった。

窓から差し込む月明かりは、寝台の中央に腰を下ろす一人の男の姿を浮かび上がらせていた。

はっと息を呑むほどに麗《うるわ》しい容姿をした男だった。漆黒の髪が縁《ふち》取る相貌《そうぼう》は作りもののごとく整い、白い肌は陶器のように滑らかだ。もの憂《う》げに伏せられた目元はどこか危うい色気を醸《かも》して、長いまつ毛の下に覗く瞳はワインのごとく濃厚な紅《くれない》色をしていた。

性別すら超越してしまいそうな完璧な美。

だが、彼がまごうことなき男性であることは、その均整のとれた体躯《たいく》を見れば明らかだった。細身ではあるものの、広い肩や厚い胸板、筋肉のついた四肢は女性のものではありえない。

月光に照らされた義兄の姿にユリアが見惚れていると、彼は冷たい印象を与える瞳を柔らかに細め、おいで、と義妹に呼びかけた。ユリアがおずおずとシーツの上に膝を乗せると、寝台がぎしりとかすかな音をたてる。

義兄——ベルンハルトは蠱惑《こわく》的な微笑を浮かべ、ゆるりとこちらに手を差し伸べる。

彼の上衣は襟元を寛《くつろ》げられていて、そこから筋の浮いた首が伸びていた。それらを目にして、ユリアはこくりと唾液を飲み込む。

吸い寄せられるようにその首に腕を回し、喉元に唇を寄せると、自分のものとは異なる体臭が鼻先をかすめ、鼓動がひとりでに速まっていく。

何度経験しても、この瞬間だけはどうしても慣れない。

この先に待つ行為を恐れる気持ちは、どれほど回数を重ねようとも完全に消え去ることはない。なのに、甘い期待と、彼を求める純然たる本能とが、己の中に存在していることもまた確かなのだ。

相反するそれらは、呼吸もままならぬほどの緊張と高揚をもたらし、ユリアをがんじがらめにする。

それでも、すぐ目の前にある生身の素肌から、かすかに立ち上る彼の精気を感じ取れば、引き寄せられるように、半ば無意識のうちに、鋭く発達した牙をその首筋に突き立ててしまう。

「……っ」

彼の張り詰めた呼吸が室内の空気を震わせた。それと同時に、温かい液体が口中に流れ込んでくる。

甘い。

どくどくと鼓動しながら溢れ出すそれは血液だ。ヴァンパイアが生きていくために欠かせないもの。

こくりと飲み下すと、その精気が身体のすみずみまで行き渡るのを実感する。甘美な陶酔《とうすい》すら伴うその充足感に熱いため息がこぼれた。

もっと欲しい――

欲望のままにもう一口と飲みたくなるのを自制し、ユリアは牙を引き抜こうとする。そこで優しい手がユリアの後頭部に触れた。

「欲しいなら、もっと飲めばいい」

「……ダメよ。お義兄《にい》様を倒れさせたくないもの」

「これくらいで倒れるほどやわじゃない。ユリアにならいくら飲まれたってかまわないよ」

睦言《むつごと》を囁くかのごとく潜《ひそ》めた声で、ベルンハルトは義妹を甘くそそのかす。

まるで自分だけは特別だと言われているみたいで、ユリアの心は容易《たやす》く舞い上がりそうになる。

けれど、迷いを振り払うように首を横に振った。

「ありがとう。でも本当に、もういいの」

義兄がくれる言葉を、鵜呑《うの》みにしてはいけない。少し多めに飲まれたところでなんでもないというのは事実だろうが、問題はそこではなかった。

しみ一つない肌にできた痛々しい傷口にユリアは丹念に舌を這わせる。吸血直後のヴァンパイアの唾液にはわずかな魔力が宿っていて、その牙で穿《うが》った傷を癒やすことができるのだ。

傷跡が完全に消えるまでユリアが熱心に舐めつづけていると、ベルンハルトの大きな手が頭に乗って、何度も撫でてくれる。もう一方の腕は細い腰をしっかりと支えていて、まるで恋人か夫婦のごとき親密な空気が二人の間を漂う。

こうして腕の中で血を分け与えられ、触れ合っているときが一番幸せだ。義兄妹という関係を超えて、胸に秘めた想いを打ち明けたくなる。

けれど、そんな幸福な時間は長く続かない。

ユリアが満足して吸血を終え、傷が塞がったと分かると、ベルンハルトはすぐに寝台から下りるからだ。

「フランツィスカのところへ行ってくる」

それだけを言い置き、彼は扉の向こうに姿を消してしまう。

ヴァンパイアが生きていくためには、定期的に他の生命の精気——血液を必要とする。

だから、ヴァンパイアの血が半分だけ流れるユリアもこうして、満月と新月の夜に義兄から血を分けてもらっている。

そしてそれは、純血のヴァンパイアであるベルンハルトにもあてはまることだった。そのために彼は婚約者のもとへ向かうのだ。

別の女性のもとへ去るその後ろ姿を、ユリアはもう何度眺めたことだろう。そのたびに胸は切なく痛んだが、一人ベッドの上で耐えるほかなかった。

行かないで、と引き止められたら、どんなによかっただろう。血なら私のをあげるから、と告げることができたなら。

けれど、そうできないことは自分が一番よく分かっていた。

ユリアの血の残りの半分は、瘴気《しょうき》の森の魔女である母から受け継いだもので、ほかの種族にとっては猛毒だ。

一方、吸血という行為はヴァンパイアにとって、大切な相手としかしてはいけない尊いものだった。

『だからユリアは、僕以外の血を飲んではいけないよ』

なにも知らなかったユリアにそう教えたのは、ベルンハルトだ。

――ならお義兄様《にいさま》も、私以外から血を飲まないで。

それが許されないのならせめて、両親から吸血してくれていたら、いくらか救われたのに。

彼が血を分け合う相手は婚約者のフランツィスカだ。ユリアが幼い頃からずっと。

自分に血を与えたあとベルンハルトがどこかに外出していることに気づいたのは、いつのことだっただろう。

『いつもどこに出かけているの?』

無邪気に義兄に尋ねたとき、ユリアは初めて彼がフランツィスカと婚約していることを知った。

そのときは胸にチクリとした痛みを覚えただけで、その気持ちの正体にも気づかず、ただ形ばかりの祝福を口にした。

――ずっと気づかないままでいられたらよかったのに。

そうであったなら、ユリアは義妹としてベルンハルトに大切にされるだけで満たされ、ずっと幸せでいられただろう。

だが自分は、彼を男性として愛するようになってしまった。

ユリアがベルンハルトと結ばれることなど——いや、この国のどんな男性とも結ばれることなど叶わないというのに。

ヴァンパイアにとっての幸福は、生涯の伴侶と決めた相手とコントラクトを結び、血を分け合うことにある。

コントラクトは、満月の夜に互いの血を交換し、直接体内に注ぎ込むことで成立する。ヴァンパイアにとっては結婚と同義であり、長い寿命をともに生きるという古《いにしえ》の契約だ。それは相手がほかの種族であっても、その身体をヴァンパイアに作り替えてしまうほど強い効力を持つという。

ベルンハルトとコントラクトを結べば、ユリアは完全なヴァンパイアになれるだろう。けれど、それはベルンハルトの死と引き換えだ。ユリアの血を身体に取り込んだ瞬間、彼はその猛毒によって息絶えてしまうのだ。

自覚すると同時に、叶わぬこともまた理解できてしまう。

ユリアが胸に秘めるのは、そんな恋だった。

†

ヴァンパイアたちが築いた国エスカーは、大陸の最北に位置している。

国というよりは、一つの大きな街と表現したほうがしっくりくるかもしれない。

広大な湖のほとりにあるその街は、北と東西を極北の森に囲まれている。鬱蒼《うっそう》とした針葉樹林の奥には凶暴な魔物が生息していた。

気候は北に行くほど凍《い》てつき、作物を育てることも困難になる。

ゆえに、エスカー国のヴァンパイアたちは、国の最南にある最大にして唯一のその街に寄り集まって暮らしているのだ。

絶対的な権力を持つ王はいない。代わりに、六つの力ある氏族が国を治めていた。それら氏族の代表を務めるのがクニューベル家であり、その当主がヴァンパイアたちの長という立場にあたる。

そんな長の屋敷に、真っ黒な外套《がいとう》をまとった男が訪ねてきたのは、十五年前の冷たい雨が降る夜のことだった。

出迎えた当主は、すぐにその男が昔国を出ていった自身の弟であることに気がついた。

長命なヴァンパイアは、二十歳ほどで身体が成熟すると、寿命が近づくまで容姿の変化はきわめて緩やかだ。だから、実に数十年ぶりの再会であっても、その姿はほぼ記憶の中の彼そのままだった。

それでも当主が驚きを禁じえなかったのは、弟が一人の幼子を連れていたからだ。

小さな頭を覆うフードを外すと、漆黒の髪がさらさらとこぼれ落ち、ワインのごとき紅《くれない》色の瞳が無垢に大人たちを見上げる。その特徴的な色彩は、彼女がクニューベル家の血統に連なる者であることを示していた。

前触れもなくやってきた夜の訪問者は、自身の娘を兄に預けると、またいずこかへ立ち去ったという。

残された娘の名はユリア。瘴気《しょうき》の森の魔女と純血のヴァンパイアの間に生まれた彼女は、三歳のこの日、クニューベル家の養子となった。

突然できた義兄をユリアははじめ怖がっていた。

クニューベル家の当主夫妻、つまりユリアにとって伯父夫婦にあたる彼らは当時、亡くなった先代当主から代替わりを果たしたばかりで、日々多忙を極めていた。

よって、まだ幼い娘の世話は、この頃すでに成人していた嫡男のベルンハルトに任されることになった。

だが、自身の母からそれを言い渡された彼は、その冷たく整った顔立ちでユリアを淡々と一瞥《いちべつ》するだけだった。

「分かりました」

表面的には了承で応じつつも、彼の態度は新しくできた義妹をあまり歓迎しているようには見えない。

新しい家だと言われてユリアが連れてこられた屋敷の人々は細身で端整な容姿の者が多かったが、義兄だと紹介された彼はその中でも飛び抜けて美しかった。それでいて愛想の欠片《かけら》もない氷のような無表情なのだから、年端《とし は》もいかない幼女を怯えさせるには十分だった。

息子の反応を目にしたクニューベル夫人が呆れたようにため息をつく。

「初めて顔を合わせるのだから、もう少し優しくしてあげたらどうなの？　……ごめんなさいね。ベルンハルトはいつも誰に対してもこうなのよ。ユリアが悪いわけではないわ」

しゃがみ込んで幼子の目線に合わせた美しい夫人――義母が柔らかく笑いかけてくれる。

それで少しだけホッとしたユリアは、この人がずっとそばにいてくれたらいいのにと思った。だが、そんなわがままを言っても困らせてしまうだけなのだろう。

ユリアはこっくりと頷いて、あらためてベルンハルトに向き直った。

「あの……ユリア、です。よろしくおねがいします……」

舌足らずながらも精一杯礼儀正しく挨拶し、頭を下げてみる。目の前の男性をどう呼んでいいのかしばし迷って、結局使用人たちの真似をした。

「ベルンハルトさま……？」

美しい顔がユリアを見下ろしてわずかに眉根を寄せる。

しばし黙り込んだ彼から返ってきたのは「ああ」という、あまりにも素っ気ない相槌だけだった。

その日はもう夜も遅かったので、ユリアは当面の居室として与えられた客間に通されると、すぐに就寝することになった。

果たして自分は、この屋敷の人々に受け入れてもらえるのだろうか。

幼い心は不安に苛《さいな》まれてなかなか寝付くことができなかった。

部屋まで案内してくれたベルンハルトは、眠る支度を整えてやれと使用人に指示を出してあっさりといなくなってしまった。使用人に身体を清められたあと、大きさの合わない衣服を着せられて寝台に押し込まれたユリアは、暗くなった広い部屋に一人ぼっちだ。

毎晩実の両親に優しく寝かしつけてもらえた日々はもう戻らない。

ユリアは上掛けを頭まで被り、実母に渡されたペンダントを握りしめ、声を殺して涙を流した。

小さな胸はこのとき心細さでいっぱいだった。

だから翌日の夜、義兄から「僕の首に噛み付いて血を飲むんだ」と命令されたとき、恐ろしさのあまり泣いてしまったのも無理のないことだった。

純血のヴァンパイアと同じく食料として血を必要とするユリアは、それまでずっと実父が狩った獣の血を器に入れて与えられていた。獣の遺骸に自分で牙を突き立てたこともないのに、知り合ったばかりといえど血のつながった家族の首に噛み付くなどできるはずがなかった。

ユリアが泣きじゃくると、ベルンハルトは苛立たしげに顔をしかめ、義妹の口を強引に己の首に押し付けた。

「いいから、力いっぱい牙で噛み付くんだ。自分で血を吸うことができなければ、ヴァンパイアとして生きていくことはできない」

今思えば、その言葉はとても真っ当なもので、彼は義妹がヴァンパイアとして生きていけるようになるために必要な教育を行っただけなのだろう。

だが、ヴァンパイアの社会の外で暮らしてきたユリアにとって、その行為はそれまでの価値観が覆《くつがえ》されるほどに衝撃的だったし、このときのベルンハルトにはそんな事情を慮《おもんぱか》ってやる思いやりが欠けていた。

ユリアは義兄に急き立てられながら力いっぱい彼の首筋に牙を突き立て、加減もできず深々と開いた傷口から大量の血が噴き出した。

口内を満たす生温かい液体を無我夢中で嚥下《えんげ》したユリアはそこで目を見開く。

それは人生で初めて口にするヴァンパイアの血で、今まで飲んだことのある獣の血とは明らかに精気の質が異なっていた。

馴染みのない生き物の血を慣らしもせずに大量に飲んだこと、そして精神的にも強い負荷がかかっていたことが災いしたのだろう。

二つ種族の血が混じった幼くか弱い子供の身体は――それを拒絶した。

ユリアは胃が焼けるようなひどい吐き気を覚えたあと、昏倒してしまったのだった。

再び目を覚ましたのは、柔らかな寝台の上だった。

「……っ、げほっ」

起き上がり、声を出そうとしたが、喉がからからに渇いていて咳き込んでしまう。すると水の入ったグラスが目の前に差し出され、ユリアは夢中でそれに口をつけた。

人心地ついたところで「気分はどうだ？」と傍らから声がかかる。ベルンハルトだ。

ユリアは呆然と己の胸に手を当てた。

「……なんともない……」

意識が途切れる直前に感じていた強烈な不快感は綺麗さっぱり消え去っていた。まるで刹那の悪い夢であったかのように。

周りを見回せば、そこは倒れる前と同じ場所。ユリアに与えられた客間だった。窓の外も真っ暗なままで、本当に夢だったのかと錯覚してしまいそうになる。

だが、それらを背にしてこちらを覗き込む義兄の表情には色濃い憔悴《しょうすい》がにじんでいた。だから、やはり現実に起きたことなのだ。

「よかった……」

身体を脱力させて深く息を吐き出した彼は、寝台の脇から身を乗り出し、ユリアの身体を抱きしめた。義妹の生を全身で確かめようとしているような、強く温かい抱擁だった。

恐ろしく感じていた義兄の思いもよらぬ行動に、ユリアはしばし呆気にとられた。

「あ、あの……わたし、さっきまでとてもくるしくて……」

「君は拒血症《きょけつしょう》になったんだよ」

「きょけつしょう……？」

「ヴァンパイアがまれに発症する病気だ。体内に取り込んだ血に対して拒絶反応を引き起こし、最悪の場合は死に至る。……治療は完全に終わったから、もう大丈夫だよ」

難しい説明はよく分からなかったものの、死という言葉にユリアはぶるりと身を震わせた。すかさずベルンハルトは安心させるように微笑みかけてくれたが、すぐにその表情を曇らせてしまう。

「……すまない。僕の配慮が足りなかったせいだ。拒血症は、エスカー国ではめったに見られない病気だから、油断していた。君は混血で、純血のヴァンパイアとは違う。慎重に体質を見極めてやるべきだったのに……。あと少し治療が遅れていたらどうなっていたことか……」

「で、でも、もうなんともないし、すぐによくなったのでしょう……？」

義兄があまりにも深刻な面持ちで自身を責めるので、ユリアはなんとか励ましてやらなくてはという気持ちになる。だが即座に、きっぱりとした否定が返った。

「すぐじゃない。君は三日も寝込んでいたんだよ」

てっきりその日のうちに目を覚ましたのだと思い込んでいたユリアは目を丸くした。

三日。自分はその間ずっと病に冒され、もがき苦しんでいたのだろうか。

にわかには信じがたくてその痕跡を探そうとするが、今の体調は落ち着いていて常となんら変わりはない。だから、全く実感が湧かなかった。

そんなことよりも、今は義兄のほうがよほど苦しそうだ。

なにか心を楽にする言葉をかけてやりたい。そう思ったが、小さな頭にはなにも浮かばなかった。

「ベルンハルトさま……」

無意識にこぼれたか細い呟きを拾い上げ、ベルンハルトがふっと顔を上げる。

「お義兄《にい》様だよ、ユリア。呼んで」

自分と同じ色の瞳が、真っ直ぐにユリアを映していた。形のいい唇が紡《つむ》ぐ声は、低く優しく、けれど、つい従ってしまいたくなる不思議な魅力を宿していた。

「おにい、さま……？」

「そう」

ユリアがおずおずと呼ぶと、ベルンハルトの氷のごとき美貌がふわりと溶ける。あまりにも甘く美しい笑みを目の当たりにして、ユリアは顔に熱が集まるのを感じた。

熱く火照《ほて》った頬に、ベルンハルトの大きな手が触れる。その手は少しひんやりしているくらいなのに、見つめ合った瞳の奥には、なにか熱いものが灯っているように見えた。

「安心して、ユリア。これからは決してつらい思いなどさせない。僕が守る。だから、なにかあったら、必ず僕に言うんだよ」

彼の言葉はまるで、物語に出てくる騎士様がお姫様に立てる誓いのようだった。

麗《うるわ》しい義兄から与えられた真摯《しんし》な約束に、幼いユリアの胸はとくんと高鳴ったのだった。

拒血症を患って以降、ベルンハルトはあからさまに過保護になった。衣食住全てにわたって甲斐甲斐しくユリアの世話を焼き、初対面のときの無愛想な義兄はもはやどこにもいなかった。

最初が大失敗に終わってしまった吸血についても、ユリアが恐怖心を克服できるまでベルンハルトは根気よく付き合ってくれた。

満月と新月の日がやってくると、彼はわざわざ森に行き、野生の獣を狩ってきた。

拒血症から回復して初めて迎えた満月の夜は、鹿から抜いた血に彼の血を一滴混ぜたものをグラスに注いで渡された。それでも拒絶反応への怯えから、ユリアがなかなか口をつけられずにいると、彼は小さな背中を優しく撫で、「大丈夫だよ。少しずつでいい」と言って、決して急かすことなくそばに寄り添ってくれた。

回を追うごとに混ぜられる彼の血は多くなったが、地道に慣らしていったことが功を奏し、ユリアが再び拒血症を引き起こすことはなかった。

やがて獣の血で薄めずともベルンハルトの血を飲めるようになると、今度は自分の牙を使って生身の相手から直接血を吸う訓練が始まった。

そうして二年ほどかけ、ようやくヴァンパイアとして一人前に吸血できるまでに至った。

そのときのベルンハルトの喜びようは本人以上だった。

ヴァンパイアにとって吸血がいかに尊いものか、これまでに何度もユリアに言って聞かせたことをまた繰り返し、彼は言った。

「変わり者と言われていた君の父上は同胞の血を飲むことを嫌って国を出ていったが、本来吸血という行為は、大切な相手としかしてはいけないものなんだ。だからユリアは、僕以外の血を飲んではいけないよ」

「わかったわ。おにいさま」

このときのユリアはまだ、ベルンハルトが別の女性と婚約していることも、月の満ち欠けのたびにその女性と血を分け合っていることも知らなかった。

ただ、その頃にはすでに大好きになっていた義兄に血を与えてもらえることが嬉しくて、誇らしくて、とても特別なことに感じていたのだ。

†

ふっと目蓋の向こうに光を感じて、ユリアの意識は浮上した。

目をこすりながら上体を起こすと、自室に明るい日差しが差し込んでいる。窓辺では、女性の使用人が開いたカーテンをタッセルにまとめているところだった。

「おはようございます。ユリア様」

「おはよう。……寝坊してしまったのね」

窓から落ちる光の角度から、もう太陽がずいぶんと昇ってしまっていることを察し、ユリアはため息をつく。

いつまでも部屋から出てこない令嬢の起床を促しに来たのだろう。使用人は全ての窓のカーテンを開ききると、一礼して部屋を出ていった。ユリアは特にそれを引き止めることなく寝台を下り、衣装棚から自分でドレスを選び出す。

人間の国の裕福な女性は毎日の着替えまで他人の手を借りるらしいが、エスカー国ではそこまではしない。ヴァンパイアの世界にも、貧富の差や統治する側とされる側という立場の違いはあるものの、特権階級というものは存在しないのだ。雇用者と使用人は契約のうえで対等であり、己の権力を誇示するように自分でできることまで使用人任せにすることはない。

だからユリアも、毎朝の身支度は自分でしていた。幼い頃にベルンハルトから教わったように。

目覚める直前まで見ていた夢を思い出し、その口元にふっと緩い笑みが浮かぶ。覚えているのは最後のほうだけだが、どうやら眠りの中で昔を思い返していたらしい。

ユリアが拒血症を患ったことがよほど大きな衝撃を与えたのか、あれから義兄は本当に過保護になった。

そしてユリアを溺愛した。

朝から晩までつきっきりで、普通なら教師に任せるようなことまで、ユリアはベルンハルトから教わった。

クニューベル夫妻が多忙だというのは事実だったようで、彼らはあまり屋敷にいることがなかった。ときには数日顔を合わせないこともあったほどだ。

だからまだ小さかったユリアにとって、ベルンハルトは義兄であると同時に親代わりでもあり、そして教師でもあった。

見知った相手が誰一人いない環境に連れてこられた幼子が、四六時中そばにいてくれる優しい年長者に全幅の信頼を寄せて懐くのも、無理からぬことだろう。

ただ一つ問題があったとすればそれは、純粋に義兄を慕っていた無邪気な気持ちが、大人への階段を上るうちに徐々に色を変えてしまったということだ。

姿見の前で長い黒髪にブラシをかけていたユリアは、ふと手を止めて鏡台に視線を落とす。

夕べはベルンハルトから血をもらったあとだいぶ遅い時間まで起きていたはずだ。なのに、彼が帰ってきた物音を聞くことはついになかった。

フランツィスカ様のところに泊まった——ということなの？

婚約しているのだから、なんらおかしなことではない。それでも動揺してしまうのは、彼が女性のところに泊まり込むなど自分の知る限りでは初めてのことだからだ。

二人の婚約がいつどのように結ばれたものなのか、ユリアは知らない。

ベルンハルトは基本的に誰に対しても素っ気なくて、例外は彼が可愛がっている義妹だけだった。婚約者であるフランツィスカにさえ親しげな態度をとることがないので、ユリアは二人が婚約していることにしばらく気づかなかったほどだ。

だから、彼らの結婚の約束はおそらく、愛ゆえに交わされたものではなく、家柄や政治的な事情から決められたものなのだ。ユリアはそう考えていた。

とはいえ、新月と満月の夜には必ずベルンハルトはフランツィスカから吸血しているし、婚約を白紙に戻そうとしない程度にはその関係を受け入れている。

フランツィスカが住まうウィスカー邸で、彼らは一体どんな一夜を過ごしたのだろう――

不毛な想像を膨らませそうになったところで、折よくノックの音が響いた。

「ユリア様、お目覚めですか？」

扉越しに聞こえてきたのは、爽やかな青年の声だった。ベルンハルトがユリアにつけてくれた護衛、ノエルである。

日中どこへ行くにもついてくる彼は、毎朝ユリアが起きだす時間に合わせて部屋の前で待機している。今朝はなかなかユリアが姿を現さないので、心配して声をかけてくれたのだろう。

「ごめんなさい、今支度してるところなの。もう少しで終わるわ」

護衛対象に合わせて動くことが彼の仕事なのでこちらに非があるわけではないのだが、寝坊などで待たせてしまったきまり悪さもあり、ユリアは止まっていた手を慌てて動かした。

ヴァンパイアがほかの種族に比べて特殊なのは、およそ二週間に一度、他者の血液を摂取しなければならないという点だった。

だが、それ以外の食事の面では、人間とほとんど変わらない生活様式をしている。すなわち、朝、昼、晩と日に三度の食事をとる。

身支度を整えて部屋を出たユリアは、金髪碧眼の麗《うるわ》しい護衛を伴い、屋敷のダイニングに足を向けた。

寝坊したわりにのんびりと廊下を進んでいるので、ノエルは疑問をいだいたらしい。

「急がなくてよいのですか？」

「あ……ええ。今日はいいの」

ユリアは苦笑交じりに答えた。

クニューベル家には決まった朝食の時間というものが存在しない。というより、ユリア以外の三人が忙しすぎて、ダイニングで家族が揃って食事をとれるのは年に数回という有様なのだ。

長年義妹にべったりだったベルンハルトも、この春ユリアが十八歳になったのを機に、周囲の熱心な後押しから国政の実務に本格的に携《たずさ》わりはじめ、今は両親の補佐として目まぐるしい日々を送っている。

そんな中でも一日に一度は必ず義妹の顔を見にやってくるが、以前のように食事をともにできることはめったになくなっていた。

それでもユリアは、今日こそお義兄様《にいさま》と朝食を一緒に食べられるかもしれない、というわずかな希望を胸に、義兄が時間を合わせやすいように毎朝ぴったり同じ時間にダイニングに赴《おもむ》いている。

だが、今朝に限ってはそんな期待すらいだけない。彼が屋敷を不在にしていることは分かっていたからだ。

しかし、いつもの時間から大幅に遅い時間にダイニングにやってきたユリアは、室内に一歩踏み込んだところでぴたりと足を止める。

朝の光に満たされたダイニングでは、一人の男性が長テーブルに着き、優雅に紅茶を飲んでいた。

艶《つや》やかな黒髪が彼の仕草に合わせてさらりと揺れる。麗《うるわ》しい相貌《そうぼう》は少し俯《うつむ》けられていて、どことなく侵しがたい静謐《せいひつ》さを漂わせている。ユリアはその光景にしばし目を奪われた。

「――お、お義兄《にい》様？　帰ってたの？」

我に返って声を発すると、紅茶を飲んでいた男性――ベルンハルトは、ゆったりとした手付きでカップをソーサーに戻し、こちらを向いた。

切れ長の瞳が義妹の姿を捉え、柔和に細められる。

「おはよう、ユリア。今日は久しぶりに一緒に朝食を食べようと思ってね。明け方に戻ってきたんだよ」

彼がふわりと微笑むのに合わせて、ユリアの口元もひとりでに笑みを形作る。

高位の家柄の娘たちから憧れの眼差しを一身に受ける義兄は、その一方で、無表情で近寄りがたいとも言われていた。ベルンハルトがこんな柔らかい表情をするのは、ユリアの前でだけだ。そんな特別扱いがなんともくすぐったくて、その微笑を向けられると、つい頬が緩んでしまう。

しかしすぐに、彼の視線がまるで検査でもするかのようにユリアの全身をじっくりとなぞるのが目に入り、ぎくりと身体が強張る。

ベルンハルトが笑顔のまま一段声を低めた。

「ところで、今朝はずいぶんとゆっくりなんだね。僕の目が離れたからって気を抜いてるのかな」

「そ、そんなんじゃないわ。今日だけよ。寝坊、しちゃって……」

弁明の声は徐々に尻すぼみになる。

毎日同じ時間に朝食をとるのはなにも、義兄が時間を合わせやすいようにというだけが理由ではなかった。

混血であるがゆえに身体が弱いユリアは、気を抜くとすぐに体調を崩してしまう。バランスのとれた食事に十分な睡眠、そして規則正しい生活は、日々を健康に過ごすための必須事項だ。ベルンハルトからさまざまなことを教わった十数年間の中で、彼が最も口を酸っぱくして義妹に言いつけたことでもある。

言いつけを守れず、叱られることを恐れてユリアが肩をすくませていると、明るくくすくす笑う声が耳に届いた。

「そんなに縮こまらなくてもいいよ。一日くらいならかまわないさ。ほら、こっちにおいで」

俯《うつむ》かせていた顔を上げると、ベルンハルトがいつの間にか立ち上がって隣の席の椅子を引いていた。促されるままに歩み寄って腰を下ろしたユリアは、素早く頬に伸びてきた手によって顔を横に向かせられる。そして息を呑んだ。

あと少しで鼻先が触れてしまいそうな距離に、義兄の美しい顔があった。自分と同じ深い紅色《くれない》の瞳が、真剣な光を宿してじっとこちらを凝視している。

ユリアの体調を確かめているのだ。

それは幼いときから何度も繰り返されてきた行為で、とても慣れたもののはずだった。なのにユリアは、いつの頃からか、間近で受け止めるそのひたむきすぎる眼差しに、呼吸の仕方さえ忘れてしまうほどの緊張を覚えるようになっていた。

近すぎるその距離に、自分だけを映すその瞳に、そわそわするようなときめきと恥ずかしさが同時にこみ上げて、いてもたってもいられない心持ちにさせられる。

「顔色は……悪くないね。瞳も澄んでいる。頬が少し熱いけれど、熱があるというほどではなさそうだ」

義兄の手が頬から離れて、ユリアはホッと胸を撫で下ろす。そんな心の動きを悟られるわけにはいかないので、必死に表には出さないようにした。一方のベルンハルトは憎らしいほど涼しい顔をしている。

「……本当に、ただ寝坊しただけなの。体調が悪かったわけじゃないわ」

「なら、いいけれど。少しでもなにかあればすぐに言うんだよ」

そんなことを言いつつ、腰まで伸びた義妹の黒髪を一筋すくい、さらりとキスを落とすものだから、ユリアは頬の紅潮を抑えるのに苦労した。

「……私より、お義兄《にい》様のほうが心配よ。お父様とお母様のお手伝いを始めてから、寝る間もないくらい忙しくしてるじゃない」

ツンと顎を上げてそう口にした仕草は、少々わざとらしかったかもしれない。だが、ベルンハルトは特に気にしなかったようだ。感触を楽しむように髪を指に絡ませながら、真面目な声音で言う。

「街一つの規模といえど、多くの者が集まって暮らせば、問題は次々と出てくるものだからね。より住み心地のいい国にするために父上も母上も努力している。クニューベル家の先祖が代々守り、尽くしてきた国だ。僕だけが怠《なま》けてその仕事を疎《おろそ》かにするわけにはいかないだろう？」

「でも……。だったらせめて、私なんて待たずに少しでも仮眠をとってくれたらよかったのに」

「ユリア」

つれないことを言う唇に、長い人差し指が触れた。そんなことを言わないでくれ、と懇願でもするかのように。

「言っただろう？　一緒に朝食を食べたかったんだって。ユリアの顔を見られなければ意味がない。それに、今日はとっておきのお土産があるんだ」

そう言ってベルンハルトは長テーブルの端にあったベルを鳴らした。朝食の準備を始めるよう知らせる合図だ。

そうするとすぐに使用人がやってきて、席に着いた二人の前に白磁の皿とシルバーを並べていく。パンが盛られたかごの横に置かれたのは、琥珀《こはく》色の液体が入った瓶だ。使用人が下がっていったあとにそれを見つけたユリアは瞳を輝かせた。

「まあ……もしかして、蜂蜜？」

「正解。好物だっただろう？」

ユリアは満面の笑みでベルンハルトを振り返った。

「ええ、大好き！　でも、どうやって手に入れたの？　エスカー国の気候で養蜂は無理だし、他国で生産されているものだってほとんど入ってこないのに」

「実は、昨夜遅くに、南の国から新型の大型交易船が到着してね。就航の手土産として船主から納められた品々の中にあったんだ」

南の国というのは、エスカー国の南に接する広大な湖を渡った先にある人間の国々を、ひとまとめにして指す言葉だった。

極北の森に棲《す》む魔獣からは、そこでしか手に入らない稀少な素材を採取できる。エスカー国はそれを南の国に輸出し、引き換えに、人間たちが生み出すさまざまな物や技術を輸入することで豊かな生活を築いているのだ。

ゆえに、その要《かなめ》となる港の整備や取り締まりは、ヴァンパイアを統《す》べる立場にあるクニューベル家の重要な仕事だった。

「その場で蜂蜜を譲り受けて、すぐにでも帰りたかったんだけどね。積み荷の検閲に思いのほか時間がかかって朝になってしまった。ユリアの朝食に間に合ってよかったよ」

そう語るベルンハルトの声音には、かすかな疲労がにじんでいる。大型交易船の初めての入港なら、検閲作業はさぞかし大変だったことだろう。

しかし、ユリアの意識が引き寄せられたのは、その発言の別の部分だった。

「ってことは……昨夜はずっと、港にいたの……？」

「うん？」

ぽつりと尋ねてしまってから、ユリアははっと口元を押さえる。

ベルンハルトが夜をどこで過ごそうと口出しする権利などない。なのに、詮索するようなことを聞いてしまった。

義兄の問うような視線を受け、ユリアは慎重に口を開いた。

「あ……その。昨夜はてっきり、ウィスカー邸に泊まったのだと思っていて……」

「フランツィスカとはすぐに別れたよ。いつもどおりにね。屋敷に戻る途中で船の到着の知らせを受けたから、そのまま港に向かったんだ」

――つまり、昨夜帰宅しなかったのは、お仕事のせいだったんだわ。

フランツィスカと過ごしていたわけではなかったのだ。

それを知って表情がぱぁっと明るくなる。嬉しい気持ちをあからさまに見せては不審がられてしまうだろうに、無理に澄ました顔を取り繕うほうが不自然になってしまいそうなほどに。

とはいえ、晴れ晴れとした笑みをそのまま向けるのも躊躇《ためら》われて、ユリアはテーブルの上に視線を落とす。

「……その、嬉しいわ……蜂蜜。ありがとう」

もじもじと膝の上で手を組み合わせながら、なんとかお礼の言葉を口にする。

そう、嬉しいのはあくまでも蜂蜜だ。義兄と婚約者の仲が相変わらずなことを知って、喜んでなんて、いない。

「――なら、ユリア。感謝の気持ちを表すときは、どうするんだった？」

内心を隠すことにばかり気を取られていたユリアは、義兄のいたずらっぽい囁きを耳にして勢いよく顔を上げる。

ベルンハルトの蠱惑《こわく》的な眼差しがユリアの顔のとある一点を見つめていた。彼が一体なにを求めているのか即座に理解できてしまい、顔が一瞬にして熱を持つ。

「そ……そういうのは、自分からせがむものではないと思うわ！」

なんとか抵抗を試みたものの、ベルンハルトは笑みを浮かべたまま、逃がしてくれそうな気配は微塵《みじん》もない。

ユリアはしばしじと目で義兄を睨んでいたが、やがて諦めると、しぶしぶ椅子からお尻を浮かせた。

細身に見えて、もたれかかってもびくともしない肩にユリアが左右の手をそれぞれ乗せると、ベルンハルトの美しい瞳が目蓋によって隠される。そうしてお行儀よく待っている彼の唇に、ユリアは自身のそれを近づけた。

ちょん、と触れ合っていたのは、ほんのわずかな時間だけだ。それこそ、ぼうっとしていれば気づかないくらいの、ささやかすぎるかすかな触れ合い。

それでもベルンハルトは満足したらしい。

ユリアが小声で「ありがとう、お義兄様《にいさま》」と告げ、互いの顔が離れた瞬間、形のいい唇がゆるりと優美な弧を描く。大きな手がよくできましたとでも言うように義妹の長い黒髪を撫でた。

「どういたしまして。喜んでくれて嬉しいよ——僕の大切な妹」

愛しい義兄の声が柔らかく鼓膜を震わせる。そこににじむ確かな愛情を感じ取って、ユリアははにかんだ。至近距離から向けられる麗《うるわ》しい微笑みは、とろけるような甘さを含んでいる。誰に対しても素っ気なく近寄りがたいと言われる彼が、唯一自分だけに見せる特別な笑み。

〝妹〟という言葉に、思うところがないと言えば嘘になる。自分に家族以上の愛情が与えられることは決してないのだと知らしめるようなその言葉は、耳にするたび鋭くユリアの胸を刺す。

それでも、義兄を愛しく思う気持ちのほうがずっと強いのだから仕方がない。

たとえ結ばれることはないと分かっていても、ただそばにいたかった。許されるならばずっと、死ぬまで。

それはユリアにとって一番の願いで、きっとこの先も変わらない。

——このときは、そう思っていた。

第二章　義兄の縁談

「お父様とお母様は、私がいらなくなったから、ここに置いていったの？」

そんなことをベルンハルトに尋ねたのは、ユリアが六歳のときだっただろうか。

一年、また一年とエスカー国で過ごした日々が積み重なり、自我というものが芽生えはじめていた。一方で、ようやく物心がつくか否かという時分に実の両親と過ごした思い出は、徐々に遠ざかり、ぼやけていく。

拒血症を患ったせいで、クニューベル家に引き取られる前後の記憶は特に曖昧だった。知らぬ間にあちらこちらが抜け落ちていて、覚えていたはずのことも薄れていく。

六歳になったユリアはもう、別れのときに実の父母がかけてくれた言葉さえほとんど思い出せなくなっていた。

代替わりを果たして間もないヴァンパイアの長の屋敷には、当主を引退した氏族の長老たちがしばしば足を運んできた。

長命なヴァンパイアは保守的な思想を持つ種族で、その特性は歳をとるごとに強まっていくようだ。

長老たちには、毒の血を持つ娘の存在が受け入れがたかったのだろう。彼らがわざとらしく大きな声で話す悪意のこもった噂話をユリアは耳にしていた。

だからそんなことを尋ねてしまったのだ。

不安げに瞳を揺らす義妹にベルンハルトは柔らかく微笑みかけて首を横に振った。

「違うよ、ユリア。父上と母上は君を守りたかったからこそ、ここに預けていったんだ」

「守る……？」

「そう。彼らの選んだ道は危険が伴うものだったからね」

「お父様とお母様は危ない目に遭っているの……？」

じわりと涙がにじんで、かすかに視界がぼやける。それを見たベルンハルトは苦笑して小さな義妹を抱き上げ、膝の上に乗せて頭を撫でてくれた。

「ユリアも何度か聞いたことがあるだろう。君の母上はね、瘴気《しょうき》の森の魔女なんだ」

瘴気《しょうき》の森の魔女。名前は知っているが、それがどんな存在なのかという知識はぼんやりとしていた。あるいは、忘れてしまっている。ユリアに分かるのは、実母はとても薬草に詳しかったということくらいだ。

「お母様は、魔法を使えるの？」

「魔法は……どうだろう。ヴァンパイアとはまた異なる、不思議な力を持つ種族だよ。その魔女たちは、瘴気《しょうき》の立ち込める森の奥に住んでいる。ほかの生物が足を踏み込めばたちまち死に絶える毒の森で生き延びるすべを持っているのは彼らだけだ。その身に流れる血が猛毒であることも関係しているのかもしれないね。魔女たちはあらゆる薬と毒に精通していて、この大陸に流通する薬や毒、そしてその原料の多くは彼らによってもたらされたものなんだ」

血が猛毒、という言葉を聞いて、ユリアはぎゅっと胸元で手を握った。

自身にも流れるその血がこの国ではどうやら歓迎されないらしいことは、なんとなく勘づきはじめていた。

「……でも、じゃあどうしてお母様が危険な目に遭うの？」

「それは、魔女の秘薬を求める奴らが狙っているからだ。瘴気《しょうき》の森を抜け出す魔女はめったにいないから、標的にされてしまう」

そのときユリアはなにかを思い出しそうな気がしたが、曖昧で捉えどころのないその感覚はすぐにするりとどこかへ逃げていってしまった。

「魔女の秘薬って……？」

「瘴気《しょうき》の森の魔女が作ると言われる秘薬のことだよ。その秘薬を使えば、どんな病もたちどころに治すことができるらしい。存在するのかさえ疑わしい伝説のような話だけれど、実在するなら欲しがる者は多いだろう。ユリアの父上と母上は秘薬の手がかりを求める者に追われていて、常に逃げ回る生活をしている。二人は君をそこに巻き込みたくなかったんだ」

「お父様……お母様……」

彼らの行く末を案じてユリアが瞳を潤ませると、ベルンハルトが背中をとんとんと優しく叩いてくれた。

「心配はいらないよ。ユリアの父上は僕の叔父、純血のヴァンパイアだ。とても強い。きっと母上を守ってくれる」

「うん……」

頷いてから少し考え、ユリアはおずおずと義兄の衣服を引く。

「ねえ、だったら、私も狙われちゃうの……？　お母様みたいに。魔女の血を引いているから」

「……危険がないとは言い切れないな。でも、大丈夫だよ。ここは強靭《きょうじん》なヴァンパイアが暮らす国だから、もしユリアの血筋に気づく者がいても、そう簡単に手出しはできない。だからユリア、本当の父上と母上に会えなくて寂しいかもしれないけれど、我慢するんだよ」

「……うん」

実の両親を恋しく思うユリアを慰めるためか、ベルンハルトはそれ以外にも瘴気《しょうき》の森の魔女のことを知りうる限り教えてくれた。

この世界で最も薬に詳しい魔女たちによって書かれた薬学の書物も大陸には出回っていて、ベルンハルトはわざわざ出入りの商人に頼んでそれらを取り寄せることまでしてくれたのだ。

†

久しぶりに義兄と過ごす朝食の時間を満喫したあと、ユリアは護衛のノエルを連れて屋敷の庭を歩いていた。

積み重ねた月日の重みを感じさせるクニューベル家の屋敷の正面には、熟練の庭師が手入れしている見事な庭園が広がっている。初夏に差し掛かるこの季節は、色とりどりの花と鮮やかな緑が目を楽しませてくれていた。

しかし、ユリアが用があるのは、そこから少し東に外れた先にある樹木に区切られた場所だった。レンガで舗装された小道をたどっていくと、周囲の華やかな色彩は徐々に減り、代わりに緑が一段と増していく。

不意にノエルから問いを投げかけられたのは、そんな道中のことだった。

「ベルンハルト様とは、いつもあのようなことをされているのですか？」

「あのようなこと？」

ユリアが足を止めて振り返ると、金髪碧眼の見目麗《うるわ》しい青年が三歩ほど離れた位置で同じように立ち止まっている。

ベルンハルトが両親の補佐を始めるにあたり、ユリアのために雇った護衛がノエルだった。

混血のユリアの身体はか弱い。それは、病にかかりやすいというだけでなく、純血のヴァンパイアのような高い身体能力を持たないということも意味している。

つまり、このエスカー国においてユリアは圧倒的な弱者なのだ。もしものことがあったときに身を守る手立てがない。

もしものこと――というのは主に、ヴァンパイアが禁断症状を引き起こした場合が想定されている。血液を長期間摂取していないヴァンパイアは、飢えが極限に至ると禁断症状と呼ばれる状態に陥《おちい》り、理性を失って他者を襲うようになる。頻繁にあることではないが、エスカー国においてはいつどこで起きてもおかしくない事態だ。

これまでは、ユリアのそばにはほとんど常時と言って差し支えないくらい義兄の姿があった。しかし彼が政務に携《たずさ》わるようになれば、そうもいかない。ゆえにベルンハルトは、ノエルにユリアの護衛を命じたのだ。

あまたいた候補者の中から彼がどういう意図でノエルを選んだのかは分からない。だが、ユリアはこの穏やかな青年のことが気に入っていた。屋敷の使用人たちはユリアの前でほとんど無駄なおしゃべりをしないので、危険がないときにはこんなふうに雑談も振ってくれる彼は貴重な話し相手になっていた。

しかし今は、その青い瞳に困惑の色が浮かんでいる。その意味するところが分からず、ユリアは首を傾げた。するとノエルが言いにくそうに付け足す。

「口づけ、なさっていたでしょう……朝食の席で」

「あ――あれは……っ」

あの場にはノエルもいたのだということをすっかり失念していたユリアは、今さらながら、かぁっと頬を熱くする。

彼は食事の間いつも気配を消して壁際で待機しているので、こちらの視界からは完全にその姿が消えてしまう。普段ならばそれでも存在を忘れたりはしないのだが、今朝はベルンハルトがいたため、以前のように二人きりで食事をしているような気分になってしまっていた。

「いつもではないわ。ときどきよ。感謝の気持ちを伝えるときはそうするものでしょう?」

ユリアは激しく動揺しながらも、みんなが普通にしている程度のことだと主張した。ところが、ノエルはさらに不可解そうにして、やたら躊躇《ためら》った末に口を開く。

「……それはつまり、私がなにかしてさしあげたときにも口づけをしてくださる、ということでしょうか?」

「そんなわけないじゃない……!　キスは特別な人に気持ちを伝えるためにするものだって、お義《に》兄《い》様に教わったわ」

「それはそのとおり……ですが」

同意してくれているわりにノエルの態度は煮え切らない。彼が一体なにに引っかかっているのか、ユリアには全く見当がつかなかった。

「もしかして、どこかおかしい……?」

不安になって尋ねてみても、ノエルはわずかに眉を寄せたまま口ごもるばかりだ。

いたたまれない沈黙がしばらく続いたあと、彼はふっと息を吐き、停滞した空気を払拭するように苦笑した。

「……いえ。なにかきっと、私の知らない特別な習慣でもあるのでしょう。私が口を挟むことではなかったようです」

「そう……？」

特別な習慣、なのだろうか。

ユリアは釈然としないものを感じる。ベルンハルトが教えてくれたときの口振りでは、ごく一般的な習慣のようだったが。ヴァンパイアの世俗については、屋敷にこもっていることが多いユリアより、生まれたときからこの国で暮らしているというノエルのほうがよほど詳しいはずだろう。

しかし、彼はもうこの話を切り上げたいようだったので、それ以上追及することはできなかった。

どちらからともなく歩みを再開し、少し進むと、目的の場所に到着する。

二人の前には、ガラス張りの大きな温室が建っていた。複雑に組み上げられた鉄と木の骨組みが外からでも窺《うかが》える。

ユリアのあとについて温室内に踏み込んだノエルは内部をしきりに眺め回した。

「この温室はいつ見ても見事ですね。ベルンハルト様がユリア様に贈られたものでしたか」

「ええ。お義兄《にい》様が人間の国からわざわざ技術者を呼び寄せて作ってくれたの」

最初は義兄から与えられるままに魔女の著《あらわ》した本を読んでいたユリアだったが、次第に自分から積極的に薬の知識を学ぶようになっていた。

混血であるユリアの身体の半分は、瘴気《しょうき》の森の魔女だ。普通のヴァンパイアとは大きく体質が異なっている。

それに対し、エスカー国の薬師が診療するのは純血のヴァンパイアが大半で、彼らが他種族用に調合するものと言えば、魔物狩りで使う薬品くらいのものだった。ゆえに、ほかの種族の血が混じった患者についての知見が乏しく、ユリアに処方される薬は全く効かなかったり、逆に効きすぎたりして、副作用を及ぼすこともしばしばあった。

「私は身体が弱くて、昔は今よりもっと体調を崩すことが多かったの。なのにエスカー国の薬が身体に合わないものだから、自分で薬を調合できたらいいのにってふと思ったのよ。そうしたら自分の体質に合ったものが手に入るでしょう？」

魔女の書物の中には、強い薬効を持つ薬草だけでなく、穏やかに体調を整えてくれるハーブなども多数紹介されていた。それらをうまく使いこなせれば、この面倒な体質を少しは改善できるかもしれない。そう考えたのだ。

「でも私がお義兄《にい》様にねだったのは薬草やハーブの種だけだったのよ？　まさかこんな立派な温室まで用意されるなんて思わないじゃない」

「エスカー国は大陸の北部にあって、育ちにくい植物が多いですからね」

そうなの、とユリアはため息をつきつつ頷く。

「気候のことまで頭が回らなかったのは私が幼かったせいだけど、温室を作ればいいじゃないか、なんて簡単に言い出すお義兄《にい》様もお義兄《にい》様よ」

「ベルンハルト様はユリア様のことをたいへん溺愛してらっしゃるようですから」

屋敷に来て間もないノエルにまで笑い交じりにそう言われ、ユリアは気恥ずかしくなる。

ガラス張りの構造物を組み立てるには、設計に関する深い知識と、透明で丈夫なガラスを製造する高度な技術が必要だ。それらがどんなに貴重なものか当時のユリアには分からなかったが、そうやすやすと建てられるものでないことくらいは想像できた。

大変な贅沢を容易に叶えられてしまい、気後れするユリアに、ベルンハルトは言った。

『言っただろう、なにかあったら必ず僕に言ってって。必要なものを用意するくらいなんでもない。だからユリアは、余計なことは考えず、ただ受け取って、嬉しそうな顔を見せてくれればいいんだよ』

なにかあったら——それを聞いて、そのときのユリアにはふと思い浮かぶものがあったが、口にすることはできなかった。

本当は、ベルンハルトと二人きりで屋敷に閉じこもるばかりでなく、もっといろいろな場所に出かけてみたかったのだ。

クニューベル夫妻と義兄の間で交わされるあまたの会話からは、おのおのに職を手にして生きるこの国の人々の姿をほんの少しだけ垣間見ることができた。ユリアはいつもそれをそばで聞きながら、活気に溢れた街の様子に思いを馳せてはわくわくしていた。

だが、おそらくそんな願いは歓迎されないものなのだろう。魔女の血筋が呼び込みうる危険については、折に触れて何度もベルンハルトから注意を促されていた。

だからユリアは、外に出ることを諦め、代わりにせっせと温室に通い、植物の世話に励んだのだ。

はじめは殺風景だった温室の中は、今ではところ狭しとさまざまな草木が生い茂っている。

それぞれが好き勝手に茎や葉を伸ばすせいで鬱蒼《うっそう》とした場所もあるが、観賞用の庭ではないため、生育に問題が生じない限り剪定《せんてい》はしないことにしていた。

ユリアは入り口近くにしゃがみ込み、そばに生えている植物たちを一つ一つ丁寧に観察していく。順調に成長しているか。栄養は十分足りているか。病気などに蝕《むしば》まれていないか。

毎日していることではあるが、夏が近づいて太陽の光を存分に浴びている草木の成長は一日でもその変化に目を瞠《みは》るほどだ。

水やりは庭師が適切な頻度で行ってくれている。ベルンハルトがそう手配してくれたので、非力なユリアが水を運んだりといった重労働をすることはない。

甘やかされすぎていると思うのだが、ベルンハルトは義妹が必要とする助けをいつも先回りして叶えてしまうので、ユリアは結局甘えるばかりになってしまう。

――私にも、なにかお手伝いできることがあればいいのだけれど。政治のこととか……

黙々と手を動かしながらも、そんなことを思う。

それはこのところユリアが常々考えていることだったが、いざ義兄を前にするとなにも言い出せなくなってしまう。クニューベル家の一員として役に立ちたいという気持ちは強くあるのに、実際に屋敷を出てなにかをなすことを想像すると、どうしても気後れしてしまうのだ。安全で居心地のいいこの場所に長く引きこもりすぎた弊害かもしれない。自分の軟弱さが少し情けなかった。

入り口の周辺に植えてあるものを全て確認し終えると、ユリアは立ち上がり、すぐ近くで雑草を取り除いてくれているノエルに視線で合図した。そして温室の奥へと少し移動する。

そうやって徐々に作業の場を移しながら、草木に挟まれた見通しの悪い道を進んでいくと、やがて視界が一気に開ける。

ガラス張りの天井から、気持ちのいい日の光が降り注いでいた。温室の最奥にある広場に出たのだ。ここだけは、薬草やハーブのほかに観賞用の花も植えていて、中央にはちょっとした噴水もある。水と緑に癒やされるこの空間はユリアのお気に入りの場所だった。

しかし、噴水の水に触れようと歩み寄ったところで、先客がいたことに気づく。

噴き出す水のベールの向こう側には、行き止まりのガラス壁が見えていた。その下のあたりでは、ちょうど咲き始めの赤い薔薇がひときわ存在を主張している。それらをそばで愛でていた人物は、人がやってきた気配を感じ取ったのか、くるりと身体の向きを変え、こちらを振り返った。

緩く波打つ桃色がかった金髪が、太陽の光を弾いてキラキラと輝く。

すらりとした長身でありながら、女性らしいおうとつがしっかりとあり、どこか妖艶な色気がある――というのは、ヴァンパイアの女性が多かれ少なかれ備えている特徴だが、その中でも彼女はひときわ美しい容姿をしていて、優美な笑顔はまるで女神のようだとまで評されていた。

フランツィスカ・ウィスカー。

ベルンハルトの婚約者である彼女は、ユリアの姿を目にしてにっこりと微笑んだ。

「おはよう。こんなところに温室があったのね。知らなかったわ。あなたが世話をしているの？」

未来の義妹と少しでも良好な仲を築いておきたいのだろう。フランツィスカはいつも気さくに話しかけてくる。

しかし、ユリアはそれにうまく応じることができないでいた。

彼女の笑顔に、なにか裏があるような気がしてしまうのだ。そんなふうに感じてしまうのはおそらく、自分が義兄にいだく不適切な感情のせいなのだろう。

「ええ……はい、そうです」

不自然に強張った声で答え、目を伏せる。

ウィスカー家は薬師の一族で、幼いときに拒血症を患ったユリアを治療したのはフランツィスカだったと聞いている。命の恩人でもある相手に、不審の目を向けてしまう自分。彼女を前にすると、そんな己の至らなさを突きつけられるようで、どうしても自然に振る舞うことができない。

今までフランツィスカを温室に案内したことはない。なのに、どうしてここにいるのだろう。

そこでようやくユリアは、その場にいたもう一人の存在に気がついた。

フランツィスカから少し離れた斜め後方。ちょうど茂った枝の陰になる位置にいたのは、飾り気のないシャツにベストを身につけた中肉中背の男だった。ヴァンパイアは個人差はあれどみなすらりとした体形をしているので、よそ者はひと目で分かる。だが、その人物はユリアにとって全く知らない相手というわけではなかった。

植えられている樹木の葉を観察していたらしい彼は、背後で交わされる会話を聞きつけたのか、暗く陰になった場所から出てきて頭を下げた。

「失礼いたしました。どれも立派に生育しているので、つい夢中になってしまいました」

素朴な顔立ちに人好きのする爽やかな笑みを浮かべるのは、人間の国とエスカー国を行き来している薬の商人である。

ユリアが育てている植物の種や生育に必要なものは彼に仕入れてもらっていて、先日も新しい種と肥料を頼んだところだった。今日はそれを届けに来てくれたのだろう。と、彼が抱えている大小の布袋に目を向けたところで、フランツィスカがまた口を開いた。

「勝手に温室に入ってごめんなさいね。今日はベルンハルトに用事があって訪問したのだけれど、早く着きすぎてしまって。お庭を散歩しているところで彼の姿を見かけたものだから」

そう言って商人のほうを手で示す。

「ほら、ウィスカー家は代々薬師をしているでしょう。彼はうちとも取り引きをしていて、懇意にしているのよ」

要するに、見知った商人が屋敷の敷地内にいたものだから、雑談がてらついてきたところ、温室までたどり着いたということらしい。

温室自体は屋敷の客人ならば特に出入りを制限していないから問題はない。ユリアの個人的な感情を除けば。

「別にかまいません」

努めて冷静に応じたつもりが、言葉は思いのほか突き放したように響いて、ユリアは唇を噛む。ことフランツィスカに関しては、どうすれば己の言動を正せるのかが全く分からない。十八歳といえばエスカー国では成人で、長の娘にはそれに相応しい振る舞いが求められるというのに。

「それで、今日はこの間頼んだものを持ってきてくれたのよね？」

やや強引に話を振ったユリアに対し、それでも商人は落ち着いた様子で頷き、二つの布袋を差し出した。

肥料の袋は大きかったので、背後にじっと控えていたノエルが素早く出てきて引き受けてくれる。ユリアは種のほうの袋を手にとり、口を結ぶ紐を解いた。中には無数の黒い粒が見て取れる。一つ一つが小さくてまばらな形だ。

「ウェグワートは以前にも栽培したことがありましたね？　水はけがよく、直接日が当たらないところで育てるのがよいでしょう」

詳細な説明は不要だと判断したのか、商人はそれだけを言い、ほかに新たな注文などがないかをユリアに確認すると、さっさと温室を出ていってしまった。フランツィスカをその場に残して。

てっきり彼女も一緒に立ち去るものだと思っていたユリアは戸惑った。ノエルがいるので二人きりというわけではないが、客人の相手をするのに護衛の彼を頼るわけにもいかない。

そんなこちらの内心など知るよしもなく、フランツィスカは朗《ほが》らかに話しかけてくる。

「ウェグワート……というと、ハーブの一種ね。その根から作るコーヒーは体内に溜まった不要なものを排出してくれる効果があるわ」

植物の名を聞いただけでその効能がすらすらと出てくるのは、さすが薬師を名乗っているだけはある。だが、そんなことはユリアだって知っている。だからこそ栽培しているのだ。

遠慮なく温室内を歩き回り、ユリアが手塩にかけて育てた薬草やハーブを興味津々に眺める彼女に、なんとなくいやなものが胸に広がる。

生の葉のほうが日常的な使い道が広がるのでユリアは自ら栽培しているが、ウィスカー家ではおそらく調合しやすい形に加工された状態のものを取り寄せているはずだ。だから、フランツィスカにとってこの薬草園がたいへん興味深いものであることは想像にかたくない。

だがここは、ベルンハルトがユリアに与えてくれた温室で、薬草は、瘴気《しょうき》の森の魔女であるユリアの実母にまつわるものだ。なんの関係もないフランツィスカに無遠慮に踏み込まれたくはなかった。

しかし、彼女はユリアがそんな不快感を覚えていることになど気づきもしないらしい。

「こんなにたくさん薬草ばかり育てているのはなにか理由があるの？」

「……フランツィスカ様もご存知のとおり、私は身体が弱いので、いろんな不調に自分で対応できるようにしているのです」

「そう、えらいのね」

なんの他意もない言葉だとは思うが、子供を褒めるようなその口振りが癇《かん》に障った。

だがそんな苛立ちはすぐに別のものに取って代わられる。

「薬草のことなら、私も力になれると思うわ。もし分からないことがあったら遠慮なく相談してね。もうすぐ家族になるのだから」

「――え？」

フランツィスカが、まさに女神のごとく輝く笑顔で告げる。

「ベルンハルトとの結婚を、そろそろ正式に進めようと思っているの」

用事とやらを済ませ、クニューベル家をあとにするフランツィスカの姿を、ユリアは自室の窓から見下ろしていた。

彼女を乗せた馬車はすぐに走りだし、やがて門を出て見えなくなった。

先ほど告げられた言葉が真実であるなら、今日は婚姻を結ぶまでの段取りを相談しに来たのだろう。

その推測を裏付けるように、ユリアが温室から屋敷に戻ったとき、いつも仕事で忙しくしている父母がめずらしく日中に帰ってきていた。そして、ベルンハルトとフランツィスカを交え、四人は応接間に入っていった。

こんな日がいつかやってくることは分かっていた。

なのに今、ユリアの胸はまるで重しを詰め込まれたかのような痛みを訴えている。

それでも、義兄の結婚はきちんと祝福しなければ。

ユリアは窓から離れ、部屋を出た。

「お父様たちのところに行ってくるわ。あなたはここで待っていて」

廊下で待機していたノエルにそう伝え、客人をもてなす応接間に足を向ける。

一人で階段を下り、目指す部屋が近づいてくると、少しだけ開いたままになっていた扉の隙間から家族が談笑している姿が見えた。

中は和やかな空気に満ちている。廊下にまで響く笑い声は主に両親のものだ。

ユリアは扉の手前で一度立ち止まり、深く息を吸った。

——大丈夫、笑えるわ。

完全なる強がりだと自覚していても、心の中で唱えればいくぶん気持ちが和らいだ。

室内に足を踏み入れると、奥の長椅子に座っていた父とすぐに目が合った。

「おお、ユリア。今呼びに行かせようと思っていたところだ。いい知らせがある。そこに座りなさい」

ユリアは言われたとおり、空いていた義兄の隣に腰を下ろす。そして家族の顔を見回した。

向かいの長椅子に腰を下ろしているのは、クニューベル家の証《あかし》たる黒髪と紅《くれない》色の瞳を持つ美丈夫だ。その横には見事なプラチナブロンドに青の瞳が神秘的な美女がいる。現実離れした美貌を持つベルンハルトの生みの親、クニューベル家の当主夫妻たるクラウスとコルネリアだ。二人の首には、コントラクトを結んだヴァンパイアの証《あかし》である薔薇のつるのような揃いの紋様が浮かび上がっていた。

「ベルンハルトの結婚が半年後に決まった」

明るく告げられたその知らせは、覚悟していた以上にユリアを打ちのめした。思いがけず飛び出した具体的な数字のせいだ。それでも、沈んだところを見せるわけにはいかない。

「……それは、喜ばしいことですね」

ユリアはにこやかに応じ、そっとベルンハルトの表情を窺《うかが》った。

義兄は相変わらずの澄まし顔であったが、特に不服を感じている様子はなかった。

彼がこの結婚に異論をいだいていないのは知っていたが、こうやって当然のごとく受け止めている姿を目の当たりにするのは、思ってもみないほどに——こたえた。

つい歪みそうになる表情を気力で抑えつけ、ユリアは懸命に笑顔を浮かべる。

「おめでとう、お義兄様《にいさま》」

「ああ。ユリア、ありがとう」

ベルンハルトがふわりと目を細めて頷く。

自分に向けられるその微笑みは常となんら変わりはない。なのに、ひどく遠いもののように感じられた。

じわり、と涙がにじみそうになり、急いでまばたきで散らす。それでもほんの一瞬吐息を震わせてしまい、焦って周りに視線を走らせた。だが、そのときにはもう、誰もユリアになど注目してはいなかった。

美しい母は、息子の結婚という喜ばしい話題にすっかり夢中のようだ。

「婚礼についてはウィスカー家とも相談するとして、私たちが準備しておかないといけないのはフランツィスカさんのお部屋ね。どんな内装にするのがいいかしら」

「ウィスカー邸のフランツィスカの部屋は女性らしく優美に整えられていますよ。母上の私室と雰囲気が似ているので、好みが近いのでは」

「なら、私の趣味で壁紙や調度品をある程度選んでしまっても問題ないかしら。もちろんあなたも手伝うのよ、ベルンハルト」

「分かっています」

「部屋はどこを使うんだ？　夫婦の部屋は内扉でつながっていたほうがいいだろう。お前の部屋も一緒に西翼に移したほうがいいんじゃないか」

「そうですね」

クラウスとコルネリアがあれこれ検討事項を挙げるのに対し、ベルンハルトは淡々と、それでも面倒くさそうな顔は一切せずに応じている。当たり前だ。自身の結婚なのだから。

ユリアはその様を見て虚しくなった。

おめでとう。その一言を口にすることは、ユリアにとって多大な苦しみを伴うことだった。だが、その内心に気づく者はこの場に誰一人としていない。

悟られぬよう振る舞っているのだからそれでいい。なんの問題があるだろう。

でも――普段のお義兄様《にい》なら、見抜いたはずだわ。

いつも目敏《めざと》いくらいにユリアの変化に鋭い義兄。なのに、今回に限ってそれを見過ごしてしまうのは、彼にとっても己の婚姻は義妹など目に入らないくらいの重大事だということだろうか。

「婚姻、すなわちコントラクトは、ヴァンパイアの生涯において最も重要な儀式と言っても過言ではないからな。つつがなく執《と》り行えるように準備はなにを置いても最優先で進めておきなさい」

まるでユリアの心を読んだかのようなタイミングでクラウスが言う。

――そのとおりだわ。

優しい義兄はいつだってなによりも自分を優先してくれたから、つい甘えてしまいそうになる。

だが、ユリアだってもう成人したのだ。大人にならなくては。

そうやって己を律しようとしていたユリアは、しかしそこで一つのことに思い至る。

フランツィスカという婚約者がいても、これまでベルンハルトの一番近くにいたのは自分だった。

だが、彼が結婚して、フランツィスカが屋敷に移り住んでくれば、その立場を明け渡すことになるのだろう。

そうなったら、義兄の関心も、妻となった女性に移っていくのだろうか。ちょうど今、彼の注意が別のものに逸れているように。

夫が義妹より妻を大切にするのはきわめて自然なことだ。義妹を優先するほうがどうかしている。なのに――ベルンハルトの心が自分から離れていく。これまでユリアに向けられていた微笑みが、いずれはフランツィスカのものになる。そんな未来を想像しただけで、ユリアの胸は引き裂かれそうなほどの痛みを覚えた。

笑っていたはずの表情が、徐々に硬くなっていく。それを自覚する。

ダメだ。こんな身勝手な感情で、家族の祝いごとに水を差すわけにはいかない。

笑わなくては。きちんと会話に参加しなくては。

しかし、顔も口も、強張ったように動かない。

「どうした？　ユリア」

優しい声に、はっとした。

視線を横に移すと、ベルンハルトが心配そうにこちらを見ていた。その瞳の奥には温かな慈愛がこもっている。

「体調でも悪いのか？」

――気づいてくれた。

たったそれだけのことで感極まってしまいそうになる心を、ユリアは懸命になだめた。

「──そ、そう。ちょっと、頭が痛くて……」

その場しのぎに口にした言い訳のせいでクラウスとコルネリアまでこちらを向いてしまい、ユリアは慌てて両手を振った。

「大丈夫よ。ちょっとだけだから。少し休めば治るわ。だから、その……私は部屋に戻るわね」

硬直した喉からようやくそれだけを絞り出し、そそくさと応接間をあとにする。

がらんとした長い廊下に、ユリアの心の動揺を表すような乱れた足音がどこまでも空虚に響き渡った。

どうして平気なふりを最後まで貫けなかったのだろう。自分の反応が受け入れがたかった。

愛する義兄が別の女性と結ばれることが、それほど悲しかった？

自分への愛情が薄れることが、それほど不安だった？

なのに、温かな気遣いを向けられて嬉しいと感じてしまう自分が惨めだった？

だが──そんなことは、前々から覚悟してきたはずだ。

現実と向き合わねばならない日が、とうとうやってきた。それだけのことなのに。

胸が痛くて、無性に泣きたかった。

早く自分だけの空間に引きこもって、誰にも声が届かないところで気の済むまで涙を流したかった。

ユリアは感情に駆られるまま歩調を速めようとしたが、自室の前にノエルがいることを思い出し、立ち止まった。

こんなただならぬ様子で戻ったら、きっと心配させてしまうだろう。

胸に手を当てて深く呼吸し、千々に乱れる心をなんとか鎮めようとする。

背後から呼び止められたのは、そのときだった。

「ユリア」

声を聞いた瞬間、ぎくりと全身に緊張が走る。

――どうして追いかけてきたの。

ぴたりと足を止めたまま、ユリアは振り返ることもできずにその場に立ち尽くした。

今は顔を見せられない。表情を取り繕っている余裕がないのだ。

こっちに来ないで。

そんな胸中の祈りも虚しく、落ち着き払った彼の足音はすぐに真後ろまで近づいてきた。

「頭が痛いって、本当に大丈夫なのか？　朝食のときはなんともなさそうだったのに」

回り込んで正面に立った彼が顔を覗き込もうとしてきて、ユリアは咄嗟に俯《うつむ》いた。

心配して来てくれたのだ。自身の結婚に関する相談を中断してまで。

その思いやりが胸にじんと沁みて、また切なくなり、目元に涙がにじむ。熱い水滴がこぼれそうになって、ユリアはぎゅっと目を閉じた。今なにかを口にしたら、声が震えてしまいそうだった。

下を向いたままなにも言えずにいると、慈しむような手付きで後頭部を撫でられ、ユリア、と温かく名前を呼ばれる。

それから少し躊躇《ためら》うような間を空け、彼は切り出した。

「……本当は、僕の結婚がいやなんじゃないのか」

ぴくり、とかすかにユリアの肩が揺れる。そして内心で狼狽《うろた》えた。こんなあからさまな反応を示す愚か者がどこにいるだろう。

今さら違うとは言えなくて、しかしいやな理由を問われたとしても困ってしまう。

一体どう言い訳したら――という苦悩は、すぐに無用のものになった。君の気持ちは分かっていると言わんばかりの口調でベルンハルトが続けたからだ。

「ユリアはずっと僕と一緒だったからね。僕をとられる気がして寂しいんだろう？」

「え……？」

その指摘は、まさしくそのとおりのはずだった。なのに、ユリアは強烈な違和感を覚えた。

思わず顔を上げると、ベルンハルトは微笑んでいた。微苦笑と言ったほうが近いのかもしれない。

どちらにしろ明らかなのは、彼がそのことをさほど深刻に捉えていないということだった。

二人の間に横たわる認識の落差に、ユリアは愕然《がくぜん》とした。

この苦しみは決して、寂しいなんて生易しいものではない。

寂しくて、悲しくて、つらくて――痛い。

胸が痛くてたまらないのだ。呼吸が苦しいほどに。

「違うわ……お義兄様《にいさま》」

気づけば、そんな否定が口からこぼれていた。

だって、こんなことを言うベルンハルトは、ユリアが家族の談話の席を立った本当の理由が頭痛などではないと気づいている。

あの場にいるのが苦しくて、咄嗟に仮病まで使ったのに、それが義兄をとられそうになって拗《す》ねる子供の振る舞いだとみなされているなんて、あんまりではないか。

身体の横に垂れ下がった彼の腕を掴み、ユリアは目に涙を浮かべ、すがるようにその顔を見上げた。

「違うわ……愛しているからよ……。愛しているから、行かないでほしいの……っ！」

同じ紅《くれない》の瞳と瞳を合わせ、ずっと秘めているはずだったその想いを口にした。口にしてしまった。

ベルンハルトの目が一瞬大きく見開かれ、それからふっと柔らかく細められる。

「……ありがとう。僕もだよ」

まるで、想いが通じ合ったかのように錯覚してしまいそうなその答え。

だが、そんな虚しい幻想をいだいていられたのは、ほんのひと呼吸の間だけだった。

「安心していい。結婚したって、ユリアが大切な妹であることは変わらない。愛しているよ。ずっとそばにいる。――ユリアが誰ともコントラクトを結べなくともね」

今にも崩れ落ちそうなか弱い身体を彼が優しく抱き寄せる。

心から愛する義兄の腕の中で、ユリアはぐっと奥歯を噛み締めた。

私の想いは、こうまで言っても届かないのね……

しかし、深い失望を味わうと同時に気づいてもいた。もし彼が同じ気持ちを返してくれたとしても、その先に未来などないということに。

ベルンハルトはヴァンパイアたちを統《す》べるクニューベル家の嫡男だ。いつかは必ず妻を娶《めと》って子をなさなくてはならない。純血のヴァンパイアの子を。

一方のユリアは魔女の娘で、その血は猛毒だ。コントラクトを結ばずとも子供はなせるが、その子はユリアと同じく混血となる。

コントラクトの神聖な結びつきを重要視するヴァンパイアの世界では、長が愛人を持つなど到底許されないだろう。

恋が実ったところで、終わりは見えていた。

——だから、これでよかったのよ。家族愛ということにしておけば、お義兄様《にい》のそばにずっといられるもの……

悲しいのに安堵しているなんて、おかしさに笑いだしそうになる。

いや、本心では泣き叫びたかった。

それでもユリアは、あらゆる感情を胸の内に押し込み、目の前のぬくもりにぎゅっとしがみついた。

†

屋敷の者たちが寝静まる深夜。

ベルンハルトはノックもなしにとある一室に忍び込み、中央の寝台に近づいた。

天蓋《てんがい》から下りる薄い布地をめくると、上掛けに包まれて寝息をたてる少女の姿がある。ユリアだ。

近頃とみに大人の女性へと成長しつつある彼女だが、その寝顔はあどけない。

ベルンハルトはわずかに開かれた桃色の唇に目をとめた。

『愛しているからよ……』

その唇から愛の言葉が紡《つむ》がれた瞬間、この胸がどれほどの歓喜にうち震えたか、彼女にはきっと分からないだろう。

――分からせるつもりもないが。

ベルンハルトはずっと考えていた。コントラクトすら結ぶことの叶わぬこの哀れな義妹を永遠に自分のそばにつなぎとめておく方法を。

しばしユリアの寝顔を眺めていたベルンハルトは、にわかに身を乗り出し、その唇にキスをした。

今朝したような、単に表面を触れ合わせるだけのものではなく、深く交わるような濃厚な口づけだ。

上唇と下唇の柔らかさを堪能するように甘噛みしていると、「ん……」と愛らしい声が白い喉から発せられて、歯列の間に隙間ができる。ベルンハルトはすかさず舌を挿し込み、義妹の小さな口をこじ開けた。

ぴちゃ、ぴちゃ、という水音と熱い吐息が静かな室内に響く。

「ん……んんっ……」

眠りの中でも感じるものがあるのだろう。甘えるような高くか細い声がユリアの口端から断続的にこぼれ落ちる。

はじめこそ丹念に狭い口内を愛撫していたベルンハルトだったが、その余裕は徐々に失われていった。口づけはやがて切れ切れに漏れる声すら呑み込んでしまいそうなほど荒々しいものに変化する。

ベルンハルトはまるで飢えた獣のように彼女の唇を貪《むさぼ》った。正確に言うなら、その唾液を。

ユリアの唾液はベルンハルトにとって言わば、極限まで渇いたところに与えられる一滴の水のようなものだった。口にした瞬間、わずかに苦しみは癒やされるものの、それでは到底足りず、底なしに求めてしまう、本能が欲してやまないもの。

いよいよ感情が高ぶってくると、ベルンハルトの手は彼女の胸元で布地を押し上げる成長途上の膨らみに伸びる。

だが、そこにたどり着く寸前で、男の声が割り込んだ。

「そこまでです。――それ以上はさすがに、ユリア様の許可を得ていないでしょう」

ベルンハルトが寝台から身を起こすと、壁際の闇に潜《ひそ》んでいた男が数歩進み出て、窓から差し込む月明かりの中に姿を現す。

月光を浴びてキラキラと輝く金髪の持ち主は、ベルンハルトがユリアにつけている護衛のノエルだ。強気にこちらを睨む眼差しとは裏腹に、その頬はかすかに赤らんでいる。

なるほど勇んで制止はしたが、こういった男女の情交に対する耐性はないらしい。その気になれば、いくらでも女をはべらせられそうな容姿をしているくせに。

純情だな、とベルンハルトは胸の内で断じた。だが、その純情さはこちらに好都合だった。部屋に入ったときから、彼が室内にいることには気づいていた。そのうえで放置していたのだ。ベルンハルトがユリアの護衛を選ぶ際に重要視したのは強さだった。その点で言えば、ノエルはこれ以上ないほどの人材だった。

だが強い戦士ならばほかにいくらでもいる。彼はほかの者が持ちえない、ベルンハルトにとって決定打となる要素を備えていた。

しかし、女性に好感と親しみをいだかせるであろうその爽やかな容姿だけは気に入らない。ユリアがベルンハルト以外の男に心を傾けることなど、万に一つもあってはならないのだ。

要するに、朝食の席でユリアにキスを乞うたのも、この場で深い口づけを見せつけたのも、ノエルに対する牽制《けんせい》の意味を含んでいたのである。

「夜は警備の者がいるから、護衛の必要はないと言わなかったか？」

「今夜だけです。……ずいぶん、取り乱しておられる様子だったので」

眠るユリアの頬にははっきりと涙の跡があった。

己の愛が義兄に伝わらなかったことがよほどショックだったのだろう。それくらい彼女にとって自分は絶対的な存在なのだ。そのことにベルンハルトはほの暗い喜びを覚える。

雇い主の表情にほんのかすかに浮かんだ愉悦を読み取ったのかもしれない。ノエルはぐっと眉根を寄せ、軽蔑の眼差しを向けてきた。

「あなたはフランツィスカ様と結婚するのでしょう。なぜユリア様の心を惑わせるようなことをするのです。気の毒だとは思わないのですか」

ベルンハルトは答えず、ただ鼻で笑った。

ユリアを悲しませず確実に自分の手元に縛り付けておける方法がほかにあるのなら、とっくにそちらを選んでいる。だが、彼女の悲哀の根源は、ヴァンパイアとして生まれながらコントラクトを結べぬその半端な身体にあるのだ。

――ああ、だから、同情してしまうのかもしれないな。この男の境遇は少しだけユリアに似ている。

ノエルの言うことは吐き気がするほどの正論だった。

しかし、そんなものでこの激情が御せるはずもない。

第三章　宴

脇腹をかすめた指の感触に、ユリアは思わず身をすくませた。

「動かないでくださいませ」

「っ……はい……」

ユリアの胴回りにぴったりと巻き尺を巻き付け、真剣な表情で目盛りを読み取っているのは、作業用と思しき地味なワンピースを身につけた仕立て屋だ。ユリアは今自室で、ドレスを新しく仕立てるための採寸を受けていた。

エスカー国を治める六つの氏族は、国に尽くす者同士の親交を深める目的で定期的に宴を催《もよお》している。そこには六氏族のほかにも、彼らに次ぐ力を持つ家柄の者や、国のために大きな貢献を果たした者などが出席する。

ヴァンパイアの長の娘であるユリアも、十代の半ばを過ぎた頃から両親に言われてその場に顔を出すようになっていた。これから仕立てようとしているドレスも、夏の盛りに予定されている次回の宴のためのものだった。

仕立て屋を呼び、義妹のドレスを作るためのあれこれを手配するのは、もちろんベルンハルトである。その当の本人は、室内の長椅子に腰掛け、採寸の様子を眺めている。

下着しか身に着けていない肌に義兄の視線が注がれるのを感じ、ユリアは密かな緊張を覚えた。柔らかな綿の布地は身体を隠すには心もとなすぎる。

ノエルにはさすがに席を外してもらっていた。だが、ベルンハルトのほうは、自身が義妹の採寸に立ち会うことになんの疑問もいだいていないようだ。ユリアがクニューベル家に引き取られてからずっとそうしてきたのだから、当然と言えば当然なのかもしれない。

彼に肌をさらすことに羞恥を覚えるようになったのは、いつのことだっただろう。魅力的な女性の裸体は男性をひどく興奮させるものらしいと偶然読んだ本かなにかでなんとなく察した頃だったと記憶している。

恥ずかしいから一人で採寸を受けさせてくれ、と勇気を振り絞って伝えたこともあった。だがそのときは『どうして恥ずかしいの？』と真顔で尋ねられ、彼を納得させられる説明を思いつけずにいるうちにうやむやにされてしまった。

だから今日も、ただじっとその視線に耐えるほかはない。

「失礼いたします」

そう声をかけて仕立て屋が測ったのは控えめな膨らみを主張する胸の周りだ。

ユリアはじわりと頬に熱を上らせそうになり、ぎゅっと目を閉じてこらえる。義兄の視線がじりじりと肌を焼くようだった。

先日のベルンハルトとのやりとりを思い出すと、今でも胸が痛くなる。彼が自分に向ける愛情は、家族に対するものでしかなくて、そこに男女の情愛など微塵《みじん》も含まれてはいないのだ。

それでもユリアは努めていつもどおりに振る舞うようにしていた。義妹として彼のそばに居続けるために。

しかし、こうしてユリアが生まれたままに近い姿をさらしても、悲しいほど冷静なベルンハルトの目を見ると、自分の裸などに彼がなにかを感じるはずがないのだといやでも思い知らされる。

だったら、恥ずかしがる必要なんてない。そう開き直ることができたらいいのだが、ユリアだって年頃の乙女だ。年相応の恥じらいくらいはある。

「終わりましたよ」

最後の計測を終えて数値を帳面に書きつけた仕立て屋からそう声がかかると、ユリアの肩から力が抜けた。

まだ服を着るわけにはいかないのだが、ひとまず前半の作業は終わったようだ。

ユリアがひと息ついていると、長椅子から立ち上がったベルンハルトがこちらにやってくる。

仕立て屋がパンパンに膨らんだ鞄の中から、デザイン画をまとめた紙束とたくさんの布見本を取り出した。

デザイン画は、彼女が今まで作ったドレスのうち今回の要望に近そうなものがよりすぐられていて、それらと布見本を参考にしながら、どんなドレスを仕立てるかをこれから相談しつつ固めていく。

「今回の宴は夏の盛りということで、あまり重みの出ないデザインや布を中心に用意してまいりました」

そう言ってそれらを差し出す先はベルンハルトだ。ユリアの身につける衣服はほとんど全てがこの仕立て屋の手によるものなので、デザインの決定権がどちらにあるかをよく理解している。

ユリアもユリアで自分に似合うものをよく分かっていないため、義兄と仕立て屋に任せてしまったほうが間違いないというのは経験から知っていた。

とはいえ、全く意見を聞いてもらえないわけではなく、どんなドレスがいいかと想像を巡らせるのは楽しくもあるので、ユリアはベルンハルトがぱらぱらとめくっていくデザイン画を横から一緒に眺めた。

しかしすぐに、今回仕立て屋が持参したデザイン画はこれまで着たことのあるドレスとは少々趣《おもむき》が異なることに気がつく。

「なんだか、フリルやリボンが少ないデザインばかりね。スカートもあまり広がらない形だわ」

少女らしく可愛いものを好むユリアは少しがっかりした。

「ベルンハルト様のご要望です」

「お義兄《にい》様の？」

ユリアが目を向けると、義妹の容姿とデザイン画の一枚を真剣に見比べていたベルンハルトがその動きを止め、視線を上げる。

「ユリアももう十八歳だろう？　せっかく成人したんだから、今回は大人っぽいドレスにしてみようと思ってね」

「大人……」

そう言われても、デザイン画に描かれたドレスはどれもしっくりこない。大人っぽいデザインと言われれば、なるほど確かにそうだと思うが、それを自分が身につけるところはうまく想像できなかった。外見的にも、内面的にも、そんなドレスが似合うような大人の女性にはほど遠く感じてしまう。

しかし、ベルンハルトはイメージに近いデザインが見つかったらしく、一枚のデザイン画を手に仕立て屋と細かい相談を始めてしまう。

胸元や袖の形は。布の種類は。色は。

いろいろと案を出し合って検討する二人の話をユリアは黙って聞いていた。

仕立て屋が一つの布見本を取り出してベルンハルトに手渡すと、彼はそれをユリアの肌に押し当てて、じっくりと吟味した。

「いいね。これにしよう」

確信を持って断じたベルンハルトに仕立て屋も異論はないようだった。

こうなると、ユリアの意見はないも同じだ。そもそも二人の考えを否定してまで自分の主張を押し通せるほど感性に自信があるわけでもない。

結局、その相談の中でユリアがしたことと言えば、二人が提示したデザインに「全部任せるわ」と一言口にしただけだった。

広げた道具類を片付けて帰ろうとした仕立て屋をベルンハルトが思い出したように呼び止める。

「ドレスのほかに、下着も新しいものを何枚か仕立ててくれないか。今のものは少々身体に合わなくなっているようだからね」

それを耳にしてユリアは頬を熱くする。

前回下着を仕立てたときから身長はほとんど伸びていない。変わったのは、胸の膨らみや腰のくびれだ。

そんなところを、見られていたなんて。

「ユリアもそれでいいかい？　……ユリア？」

怪訝《けげん》そうに名を呼ばれて、ユリアははっと顔を上げる。

こちらをじっと見つめて返事を待つ義兄の様子には、恥ずかしげな素振りなど微塵《みじん》も見受けられない。

ただ必要になったから、新しいものを注文するだけ。

そのあっさりとした態度が少しだけ腹立たしく感じられたが、文句を言えるわけもない。

「はい、お義兄《にい》様……」

ユリアは必死に澄ました顔をして、ただ小さく頷いた。

本人はしっくりこないと思っていたドレスだが、結果としてその仕上がりは素晴らしいものだった。

宴の当日、ユリアは自室の鏡の前で仕上がったばかりのドレスを身にまとっていた。

はっとするような深い紺青《こんじょう》のドレスである。スカートは布地を重ねて膨らませるものではなく、なだらかに広がる形状になっていた。

胸元はかなり大胆に開いているものの、豊満というにはほど遠い体形であるため、下品には見えない。ただ、形のいい膨らみと白く艶《つや》のある肌は慎ましさの中に、暴いてみたいと思わせるようなそこはかとない色香を漂わせていて、鏡越しの自分にどきりとしてしまった。

大人の女性として今まさに花開こうとしている少女の魅力を最大限に引き出すような絶妙なデザインと言えるだろう。この完成形を最初から計算のうえでデザインしたのだとしたら、ベルンハルトと仕立て屋のセンスには脱帽するほかない。

着付けを手伝ってくれた女性の使用人も普段は決して無駄口など叩かないのだが、今回ばかりは感嘆のため息をこらえきれないようだった。

「たいへんよくお似合いですよ。これまでの宴で着用されていたドレスもお可愛かったですが、こういったドレスをお召しになると雰囲気ががらりと変わりますね。もうすっかり大人の女性で……あ」

話しすぎたと思ったのだろう。使用人が萎縮《いしゅく》して己の口を押さえる。

あまりにも彼女が顔を青くするものだから、ユリアは怒っていないことを伝えるつもりで微笑んだ。

「……お義兄《にい》様も、褒めてくれるかしら」

彼女は返事をしていいものかしばし迷いを見せたあと、力強く頷いた。

「もちろんです。ユリア様のためにお仕立てになったドレスがここまでお似合いなのですから、お喜びにならないわけがありません」

「そうよね……早くお義兄《にい》様に見ていただきたいわ」

別人のように変身した己の姿に少し照れもあったユリアは、使用人の言葉に自信を深め、義兄がどんな反応をするかと想像してはにかんだ。


六氏族の宴は、街の中心部にある宮殿で開かれるのが慣例となっていた。

その宮殿は、普段はクニューベル家をはじめとする氏族の者やその下で働く政務官たちが詰めているのだが、こういった華やかな催《もよお》しも行われるため、広間や庭園は立派なものが設けられている。

宴がある夜、頭の天辺から爪の先まで磨き上げられ、綺麗に着飾ったユリアは、ノエルとともに馬車に乗り込み、クニューベル家の屋敷を出た。

「そういう格好をしていると、まるで王子様みたいね」

初めて目にするノエルの盛装に、ユリアは目を丸くしてそう言った。

忘れな草を思わせる澄んだ青のジュストコールに、細かな刺繍《ししゅう》が施されたクラヴァット。

今日の彼は、ユリアの護衛兼パートナーである。これまでずっとユリアのエスコートを引き受けてくれていたベルンハルトは今夜はフランツィスカと参加するので、その代役として駆り出されたのだ。

ノエルの衣装もクニューベル家が用意したもので、ユリアと並んでもみすぼらしく見えないよう、質がよく似合いのものが誂《あつら》えられている。

もともと爽やかに整った顔立ちに均整のとれた身体つき、そして王侯貴族と言っても通用しそうなほど美しい金髪碧眼という恵まれた容姿の持ち主であるため、こうしてあらたまった衣服に身を包むと驚くほど見栄えがした。

しかし、当の本人はユリアの褒め言葉に恐縮した様子で首を横に振る。

「大げさですよ。見目がよいのはヴァンパイアでは普通のことですし、私はとりたてて裕福な育ちではありませんから。用意してくださった衣装が素晴らしいのでしょう。それより、今夜はユリア様のほうがよほど……す、素敵、です……」

「そ、そう……？　ありがとう」

どうやらノエルは女性を褒めることにあまり慣れていないらしい。照れくさそうにそう言うと、ぎこちなく目を逸らしてしまう。そうされると、なんとなくこちらまでむず痒《がゆ》い気持ちになってしまい、ユリアは膝の上に視線を落とした。

父のクラウスやベルンハルトはいつも如才なく褒め称《たた》えてくれるので、男性のこういった反応は少し新鮮だ。だが、心からの賛辞であることが伝わるので、悪い気はしなかった。二人の間に生まれた面映《おもはゆ》い沈黙を、規則正しい馬車の音が心地よく埋めていく。

ユリアは背もたれにゆったりと寄りかかりながら、反対側に座る青年にあらためて目を向けた。

彼の言うとおり、見目の整った者が多いことはヴァンパイアの特徴の一つだった。

――でも、ノエルはちょっと雰囲気が違う気がするのよね。

ほかの生物の血をすすって生きるという独特の妖《あや》しさをまとう種族だからだろうか、ヴァンパイアは容姿もどことなくほの暗さを感じさせる者が多い。その属性を一言でたとえるなら闇、だ。

それに対してノエルは、同じく容姿が整っていると言っても、そこから受ける印象はどちらかというと光だ。神聖な空気を漂わせているとでも言えばよいのだろうか。そういう正統派な雰囲気がまるで王子様のようだと思わせるのである。

とはいえ、ヴァンパイアにも個体差というものはあるし、彼はたまたまそういう容姿に生まれついただけなのだろう。

ユリアは特に疑念をいだくことなくそう結論づけ、それ以上深く考えることはしなかった。

それに今は、意識を集中すべき事柄が別にあった。

宮殿は屋敷からさほど離れていないため、馬車は間もなく宴の会場にたどり着く。

先に馬車から降りたノエルのエスコートを受け、地面に足をつくと、ユリアの緊張は最高潮に達する。

ここから先は、一挙手一投足も気が抜けない。自分は長の一族たるクニューベル家の一員なのだという自覚を持って臨《のぞ》まなければならなかった。

「ユリア様……？　大丈夫ですか？」

彼の腕にかけた手から震えが伝わってしまったのかもしれない。ノエルが心配そうに耳元で囁いた。

ユリアはそれに小さな首の動きだけで頷く。問いに対する答えというよりは、自分を奮い立たせようとする意味合いが強い。

ベルンハルトがそばにいない宴は、これが初めてだった。もちろんその代わりはノエル一人に務められるものではないので、このあと先に会場に着いているはずの両親とすぐに合流することになっている。それでもユリアの不安を完全に拭い去ることはできなかったようだ。

宴は苦手だ。長年屋敷に引きこもってばかりいた自分にとって、そこは唯一の外界との接点だった。ベルンハルトはこういった公的な場所における礼儀作法もきっちりと教え込んでくれたが、彼にも最後までどうにもできなかったのが話術である。

『これだけはセンスと経験がものを言うからね』

義兄はそう言って苦笑していたけれど、ユリアはそれを聞いて途方に暮れた。

今でこそノエルがいるが、彼が雇われる以前のユリアの話し相手と言えば、ほぼベルンハルトのみだった。そこにときおり両親、さらにまれにフランツィスカや、薬草の栽培で付き合いのある商人が加わる程度である。使用人たちもユリアの前では基本的に仕事上の必要がない限り口を開かない。

おかげで知らない相手との距離の掴み方が分からず、ノエルと馴染むのも時間がかかった。

習うより慣れろ、ということなのだろうが、そんな状態でいきなり参加するのが国で最上の社交の場とは難度が高すぎる。それでもこれまでは、ベルンハルトがパートナーとして寄り添い、全ての会話で抜かりなくフォローしてくれたからなんとかなっていた。だが、今夜はその頼みの綱もない。

加えてユリアを憂鬱にさせる要因がもう一つあった。

大広間に向かう者たちの流れにノエルとともに交じると、彼はさり気なく周囲の人々に視線を巡らせてユリアに耳打ちした。

「なんだか、チラチラと見られていませんか……？」

さすが護衛を仰せつかっているだけあって、彼はそういった気配に鋭いらしい。

小声で告げられた内容にため息をつきそうになりながら、ユリアも声を潜《ひそ》めた。

「混血の娘がめずらしいのよ。しかも猛毒の血を持っているんだから、警戒されても仕方がないわ」

ノエルがはっとしたように息を呑み、それから「申し訳ありません……」と早口に謝罪した。ユリアは苦笑するほかない。

「ノエルが謝ることではないわ。仕方がないことなのよ」

もう一度繰り返したその言葉は、ユリア自身が何度も己に言い聞かせていることでもあった。

ヴァンパイアは同胞、とりわけ血のつながった近親者に対する情が深い種族だ。これは裏を返せば、排他的ということでもある。

クニューベル家では正式な養子として認められているから表立ってなにか言ってくる者はいない。

だが、血が猛毒と聞けば、忌避感が態度に出てしまうのは当たり前だと思う。

それでもユリアは長の娘だ。ほかでは自由にさせてくれている両親が宴にだけは出席するようにと言うのは、自分を実の子と分け隔てなく扱ってくれているからこそなのだろう。その愛情を裏切りたくはない。

――だからこそ、今夜は頑張りどころよ。いつまでもお義兄様《にい》に頼ってばかりではいけないわ。

自身の中で膨らむ不安をユリアは無理矢理に押し込んだ。傍らにいる彼から万が一にも離れてしまわないように、己の手がその腕にしっかりとかかっていることを確かめる。

一人ではないから、大丈夫。

胸の内で念じつつ、ノエルと並んで大広間に足を踏み入れる。

「ユリア・クニューベル様、ならびにノエル・バッサーマン様のご入場です」

名前のコールが響き渡ると、すでに会場に詰めかけていた招待客の一部がこちらを振り返る。様子を窺《うかが》うようなその視線に居心地の悪さを覚えながらも、ユリアは平然とした微笑を必死に顔に張り付けた。

大広間を照らし出す大きなシャンデリアの光が、やけに眩しく感じられた。

「ユリア様、お水を用意していただきましたよ」

扉のところで宮殿の使用人と話していたノエルが盆を受け取り、ユリアの横たわる長椅子のそばに戻ってくる。サイドテーブルに盆を置いた彼は、その上に載っていた水差しからグラスに水を注ぎ、ユリアに手渡した。

起き上がったユリアは、ふた口ほど飲んでグラスを返す。喉を滑り落ちる清涼な感触のおかげで気分がだいぶんすっきりした。

「ありがとう。……私、ダメね。ノエルは今日初めて宴に出席したのに、何度も出ている私のほうが人に酔ってしまうなんて」

「私は単なる付き添いですから。ユリア様の身体が弱いということは存じておりますし、よその方の目があるうちは体調の悪さを悟らせない振る舞いでしたよ。正直、驚きました」

空っぽになった手を膝に乗せたユリアは曖昧に笑う。

会場に着いたあと、クラウスとコルネリアはすぐに迎えに来てくれた。それから間もなくほかの氏族の当主たちが次々に挨拶にやってきた。

ベルンハルトと宴に出たときにも彼らには欠かさず声をかけているので、初対面では決してない。

だが、今夜は少し勝手が違った。

どうやら両親は義兄ほど過保護ではないらしく、娘が他家の子らに話しかけられても基本的に放置した。だからユリアは、投げかけられる言葉の一つ一つに自分で考えて受け答えしなければならなかった。

六氏族ともなれば、さすがにみな相応の気品というものを備えており、混血だからと軽んじた態度をとる者は一人としていない。逆にそれがユリアの劣等感を刺激した。

余裕を感じさせる優雅な佇《たたず》まいに、相手を退屈させない機知に富んだ会話、行き届いた気遣い。立場としては自分も彼らと同じはずなのに、自分とのあまりの違いに落ち込みそうになった。それでも頑張って会話についていこうと懸命に頭を使った。

体調に異変を感じたのは、ちょうど最後の氏族がやってきたときだ。激しい頭痛と悪心《おしん》がユリアを襲った。その場は気力でなんとか乗り切ったが、会話の内容はほとんど頭に入ってこなかった。

その後、クラウスたちに事情を話して会場を抜け、今は大広間の近くにある一室を借りて休んでいるところなのだ。

「でも……受け答えは、あまりうまくできた気がしないわ。相手が優しかったからなんとか間をもたせることができたけれど……」

ユリアは沈んだ声で言う。

「それも、気にすることではないとクラウス様がおっしゃっていたではないですか」

ノエルが言っているのは、両親にこの部屋まで送ってもらったときのことだ。長の一族に相応しい振る舞いができなかったことをユリアが詫《わ》びると、クラウスが言ったのだ。

『そんなことはこれから経験を積み重ねて慣れていけばいいことだ。気にする必要はない』

『でも……娘の不出来は、家の恥になってしまうでしょう？』

『……ベルンハルトはお前にずいぶんと厳しいことを言ったのだな』

クラウスは笑い、娘を励ますように肩を叩いた。

『この宴はあくまでも国を支える者たちが親交を深めるためのものだ。政治的な駆け引きをする場でもなければ、互いのあら探しをする場でもない。そんなことで家名に傷がつくことなどない。周りと比べて気持ちが焦っているのかもしれないが、ここにいる大半の者はお前よりもずっと歳上だ。見た目では分からないだろうが』

そんな優しい言葉を思い出したユリアは「そうね……」といくぶん気分を緩めて相槌を打つ。

控えめなノックの音がその場に響いたのはその直後だった。

扉に近づいて訪問者を確認したノエルは、すぐに相手を招き入れた。廊下にいた人物は半ばノエルを押しのけるような勢いで入ってくる。

「ユリア！」

「お、お義兄様《にい》……？」

常になく切羽詰まった様子のベルンハルトにユリアが驚いていると、彼のほうも義妹の全身を視界に捉えるなり不自然に目を見開いて動きを止める。

「……お義兄様《にい》？」

「あ、いや……」

わずかに視線を泳がせたベルンハルトは、ひと呼吸にも満たない間のうちにそんな動揺の色を綺麗に消し去り、駆け寄ってきた。

「母上から聞いた。気分が悪くなったんだって？　もう起き上がって大丈夫なのか？」

ひんやりとした彼の手が頬に触れ、注意深く体調を確かめようとする。そこでふっと自身の身体から力が抜けるのを感じたユリアは、その胸にもたれかかった。

「ユリア!?」

「ち……違うの。体調は、大丈夫」

めずらしく感情をあらわにした義兄の顔を見上げて、ユリアは微笑んだ。

「お義兄様《にい》の顔を見たら、なんだか安心してしまって。お義兄様《にい》がそばにいない宴なんて初めてだったから」

「そう、か……」

ベルンハルトは口元を手で覆い、返答に困っている様子だった。

ノエルや両親にユリアを任せきりにしたことを申し訳ないと感じているのだとしたら、そう思わせてしまうのは本意ではなかった。

——でも私、頑張ったわよね。

最後はこのざまで、肝心の社交も覚束《おぼつか》ない有様ではあったが、各氏族への挨拶はやり遂げたし、人前で致命的な失態を演じることはなかった。知らない人がたくさんいる宴はやはり苦手だが、父もああ言ってくれたし、ベルンハルトがそばにいなくてもなんとかやっていけそうだと思う。

「あのね、お義兄《にい》様、私——」

頑張ったの。

義兄に褒められたくてそう続けようとした言葉は、扉から新たに入ってきた人物の靴音を耳にして、喉の奥に消えた。

コツコツコツ、と細いヒールが床を叩く音が響く。

「ユリアさんが大丈夫そうで安心したわ。宴を抜けたって聞いて、心配で駆けつけたのよ」

義兄の肩越しにその姿を目にしたユリアは、すがりついていた温かな胸からさっと身を離した。

フランツィスカは当然のように自身の婚約者の隣に立って、将来の義妹に優しく微笑みかけた。

「あ……ご心配をおかけしてしまって、申し訳ありません……」

「謝る必要なんてないわ。むしろ私のほうが申し訳ないと思っていたの。今夜は大切なお義兄《にい》様をとってしまってごめんなさいね。ベルンハルトがそばにいたら気分を悪くするようなこともなかったかもしれないのに」

「……いいえ。もともと私が兄にエスコートしてもらえていたのも、フランツィスカ様のご厚意でしたから」

目の前に並んだベルンハルトとフランツィスカの姿を見て、ユリアはゆるゆると視線を床に落とした。

宴のための豪奢《ごうしゃ》な衣服を身にまとった彼らは輝かんばかりの美しさだった。外見だけでなく、振る舞いや教養、周囲からの評価に至るまでなにもかもが完璧な二人は、きっとどこに出ても恥じることなく堂々としていられるのだろう。

義兄の手を借りず挨拶回りをこなした程度でなにかを成し遂げたつもりでいた自分が猛烈に恥ずかしくなってくる。

「ユリア、今なにか言いかけてなかったか？」

「え？　あ……えと……」

俯《うつむ》けていた顔を大きな手に持ち上げられてしまい、ユリアは羞恥に目を潤ませながらその瞳を見つめ返す。

ベルンハルトが一瞬、真顔になった。

「――……」

ユリアは頬に添えられた義兄の手を両手で包み込んでゆっくり下ろさせると、今しがた目に浮かべていた涙などなかったことにして、にっこりと笑った。

「このドレス、ありがとう。どう？　似合ってる？」

淑女のお手本のようなフランツィスカがいるところで、頑張ったから褒めて、だなんて子供っぽいことはとても口にできない。

だからせめて、今夜の装いだけでも褒めてもらいたくてそう言った。ユリアに甘すぎるほど甘い彼なら、きっと手放しに称賛してくれるに違いないから。

しかし、そんなささやかな期待は儚《はかな》くも裏切られる。

ベルンハルトが表情を硬くして、言葉を詰まらせたのだ。

「……っ、ああ、よく、似合っている……」

取り繕うようにそんな一言だけを告げて、気まずげに視線を背けられる。

ユリアが言葉をなくしていると、フランツィスカがくすくすと笑った。

「ベルンハルトったら、そんな褒め方じゃダメよ。ユリアさんのドレス、とっても素敵だわ――」

励ますように彼女があれこれ褒めてくれる声は、あまり耳に入らなかった。

ベルンハルトは己の表情を隠そうとしているみたいに顔の下半分を片手で覆い、そのまま目も合わせてくれなかった。

そんな態度をとられては、さして勘のよくないユリアだって、似合っているというその言葉が本心からのものではないと分かってしまう。

てっきり、今夜はいつも以上に素晴らしいと絶賛してもらえると思っていたのに。

クニューベル家に引き取られて以降、ベルンハルトからは数え切れないほどの装飾品を贈られてきたが、ここまで素っ気ない反応をもらったことは一度としてなかった。

それほどまでにこのドレスは——それを身につけたユリアは、彼のイメージとはかけ離れた仕上がりだったのだろうか。

さすがに笑顔を保つこともできなくてユリアが黙り込んでいると、そんなこちらの心情を慮《おもんぱか》ったのかは定かでないが、ベルンハルトが「そろそろ戻ろう」とフランツィスカを促した。

二人が連れ立って出ていくと、部屋の中はしんと静まり返る。

耳に痛いほどの静寂の中では、誰かが動く衣擦《きぬず》れの音さえ際立って響く。

ずっと部屋の隅に控えていたノエルが近づいてこようとしているのを察し、ユリアは座ったまま身体の向きを変えて顔を背けた。彼は少し離れたところで立ち止まったようだ。

「泣いているのですか？」

「……まさか。泣くようなことなんて、なにもなかったでしょう」

強がるように答えたものの、たぶんもう彼は、ユリアがベルンハルトにいだく恋心に気づいているのだろう。悟られてもなんら不思議ではないくらいの時間を護衛の彼とはともに過ごしている。

それでも、今誰かに内心を吐露《とろ》したら、これまで必死に自分を支えてきたものがぽっきりと折れてしまいそうだった。

あまりにも無言の時間が続いたので、もう会話は終わったのかとユリアが判断しそうになったとき、ノエルは再び口を開いた。

「私では、ベルンハルト様の代わりにはなれませんか？」

「――え？」

思いもよらぬことを言われ、ユリアは反射的に振り向きそうになる。が、寸前でこらえた。

互いの顔を見ないまま、ノエルの声だけが背後から響く。

「ユリア様のことを、好ましく思っております。同じ気持ちを返してもらいたいわけではありません。ただ……ベルンハルト様に縛られているユリア様が、あまりにも気の毒で……。お慰めしたいのです」

縛られている。その言葉が、胸に不穏な波紋を残した。

「――あっ……慰めるというのは、そういう意味ではなく……！」

そういう意味、というのがどういう意味なのかは分からなかったが、ノエルがあまりにも焦って言うので、重苦しかった空気がわずかに緩んだ。混乱していた頭の中が少しだけ冷静な思考を取り戻す。

ふっと唇から漏れた苦笑は、ノエルに対するものというよりも自嘲を多く含んでいた。護衛である彼にこんなことを言わせるくらい心配をかけていたなんて、情けない。

「ノエルをお義兄《にい》様の代わりにするなんて、いけないことだと思うわ。でも、ありがとう」

彼の思いやりを噛み締めながら、静かな声で伝える。

「ユリア様……」

「外の空気を吸ってくるわ。ついてこないで。この宮殿にも警備はいるはずだから、平気よ」

長椅子から立ち上がったユリアは、気力を振り絞り、綺麗に微笑んでみせた。


一歩、また一歩と宮殿の廊下を進むたび、心は乱れて沈んでいく。

ノエルがあんなふうに思っていたなんて、知らなかった。

――私は、気の毒なのかしら。お義兄《にい》様に縛られている？

違う。ベルンハルトは自分を大切にしてくれている。いつだって気遣ってくれて、たくさん優しくしてくれている。

ただ、ユリアが勝手に彼を愛して、期待して、傷ついているだけだ。全てはわがままな自分のせい。

ベルンハルトがフランツィスカと結婚することだってずっと前から決まっていた。ユリアはそれを知っていた。そのうえでそばにいたいと願ったのだ。今も同じ気持ちでいる。

だが、何度も何度も積み重ねられる小さな心の傷が、まるで真綿で首を締めるようにじわじわとユリアを苦しめているのも事実だった。

――どうすればいいの。私はお義兄《にい》様と一緒にいたいだけなのに……

突き当たりにあった扉を開くと、その先には短い石造りの階段が延びていて、庭園に下りられるようになっていた。宴に招かれた客のためにか、植え込みの間に設けられた小道には一定の間隔で明かりが置かれている。

涼しい夏の夜風が心地よくて、ユリアは誘われるように、ぼんやりとした光が指し示す道をたどっていった。

だが、その紅《くれない》の瞳は景色をほとんど映していない。

考えるのは義兄のことばかりだった。彼のことを思うと、愛しさと切なさで胸が詰まりそうになる。

ベルンハルトの結婚の準備は少しずつ進んでいた。次の冬が訪れる頃にはコントラクトを済ませ、フランツィスカが屋敷に移り住んでくるだろう。こんなことでいちいち胸を痛めていてはもたない。

――いいえ、今は状況が変わったばかりで、少し動揺しているだけ。きっとそのうち慣れるはず。

義兄の隣にフランツィスカがいることも、自分よりフランツィスカが優先されることも、義兄の関心が離れていくことも。当たり前だと思って受け止められるようになる。自然に流せるようになる。

ユリアは懸命に自分に言い聞かせ、重くのしかかる不安を拭い去ろうとした。

誰かの潜《ひそ》めるような声が耳に届いたのは、そのときだった。

聞いた瞬間どきりとするような、甘い吐息交じりの声だった。女性のものだ。

ユリアはなぜか心臓をぎゅっと握られるような心地がした。

声は前方から聞こえてきている。おそらく、道の先に見える植木の陰にその主《ぬし》がいる。

進んではダメだ、という強い予感に反して、足は勝手に動いていた。

無意識に気配を忍ばせて数歩近づくと、薄暗がりに潜《ひそ》む誰かの影が徐々に見えてきた。

二人いる。男女だ。

そのとき、艶《なま》めかしい吐息をこぼしていた女性がふふっと楽しげに笑う。

「どうしたの？　そんなに切羽詰まって。あなたから吸血を求めてくるなんて初めてじゃない——ベルンハルト」

折よく月が雲から顔を出し、その二人の姿が光のもとにさらされる。

ユリアはくるりと身を翻《ひるがえ》し、駆け出した。

心臓がばくばくと早鐘《はやがね》を打っていた。

その場から一刻も早く離れたくて、渾身《こんしん》の力で足を動かした。

けれど、今しがた目にした光景はあまりにも鮮烈で、脳裏に焼き付いて消えてくれない。

抱き合うようにして立っていたのは一組の美しい男女だった。

緩く波打つ艶《つや》やかな金髪をかき分けて、あらわにされた白い肌。その喉に牙を突き立てるのは、この世のものとは思えぬほど麗《うるわ》しい容貌をしたヴァンパイア——ベルンハルトだ。

彼が誰かから吸血するところを見たのは初めてだった。

ユリアの前で見せる理知的な姿とはまるで違う。

あれもヴァンパイアの特性の一つなのだろうか。欲望に濡れた瞳は、シクラメンの花弁のような鮮明な桃色に妖《あや》しく輝いていた。

獣のごとく飢えた彼は滴《したた》るような色気を放ち、それは離れたところから目撃したユリアですら身体が熱くなるほどだった。

あんな行為を、彼らは満月と新月のたびに繰り返していたのか。

あやされるように血を分け与えられるだけの自分とは比較にもならない。ユリアとベルンハルトは所詮ただの妹と兄だ。そして彼らは男と女だった。その差をまざまざと見せつけられた気がした。

闇雲に走るうちにいつしか道を照らす明かりは姿を消していた。別の区画に迷い込んでしまったのかもしれない。それでも引き返そうとは思えなかった。

暗がりの中を駆けつづけたユリアは、突如なにかにつまずき、盛大に転んだ。咄嗟に地面についた手が、小石の交じった土の上を滑り、じんじんとした痛みを訴える。

夜闇に紛れてはっきりとは見えないが、皮膚を伝う液体の感触と特有の芳香から、どうやら出血したらしいと知る。

私の血――

怪我をしていないほうの手で滴《したた》るそれを拭いながら思う。

本当にこれは、毒なのだろうか。

猛毒だから決して誰にも飲ませてはいけないと、幼い頃から何度も何度も周囲の大人に言いつけられてきた。だから、実際に試したことはない。試そうと思ったこともない。

だが、今のユリアは想像してしまう。もし、この血が毒でなかったなら、と。

月に照らされた二人の姿を思い出し、ユリアは座り込んだまま両手をぎゅっと握る。

あんなふうに、ベルンハルトに血を与えられるフランツィスカが羨《うらや》ましくてたまらなかった。

あんなふうに、自分も義兄に血を捧げたかった。

目蓋を閉じた拍子に、血液よりも澄んだ温かいものがはらはらと目からこぼれ落ちて、頬を濡らしていく。

こんなどことも知れぬ場所で、一人涙を流す自分がひどく惨めだった。

喉から嗚咽《おえつ》が漏れそうになったとき、背後でがさりとなにかが動く気配がする。

ユリアははっとして立ち上がろうとするが、自分の身体よりも大きななにかが背中に覆いかぶさってくるほうが早い。

うなじのあたりに、生温かい吐息がかかった。ヴァンパイアだ。

その呼吸はひどく荒く、とても尋常な状態とは思えなかった。

「誰⁉　離して！　いや！　いやぁ――っ‼」

じたばたと四肢を動かしてもがいても、か弱い抵抗は簡単に封じ込められてしまう。

首に尖《とが》ったなにかが押し付けられたと思った瞬間、そこに鋭い痛みが走った。

だが、苦痛を覚えていたのはほんのわずかな間だけだ。

すぐにふわふわとした不思議な高揚感に全身が押し包まれ、次いで、ざぁっと頭から血の気が引いていく。視界が白く霞《かす》んでいった。

急速に薄れていく意識の中、ユリアは自分を襲った何者かがどさりと地に崩れ落ちる音を聞いた。

†

宴に参加していた者たちが一人また一人と馬車に乗り、帰宅の途につく。

宮殿を離れていく明かりの動きにベルンハルトは窓越しにちらと目をやった。

この距離と夜の闇の中では、帰っていく招待客たちがどんな様子でいるのかまで窺《うかが》い知ることはできない。だがきっと、宴の間に宮殿内で起きた小さな事件についてあれこれ取り沙汰しているのだろう。

――煩《わずら》わしいことだ。

室内に視線を戻すと、広い寝台の上では青白い顔をしたユリアが静かに眠っている。ほかは誰もいない。

義妹の首と左の手首に巻かれた痛々しい包帯を視界に捉え、ベルンハルトは顔をしかめる。

「やはり人任せになどすべきではなかったか……」

今夜は結婚の予定を周知する目的もあり、やむを得ずフランツィスカへの同伴を了承した。だが、ユリアが屋敷の外に出ている間は、片時もその姿から目を離したくないというのが本音だった。ましてや、気分を悪くした彼女を控え室に置き去りにしてどこかへ行くなど、本来ベルンハルトにとってありえない行動だった。

あのドレスが失敗だったのだ。

成人したのだからと趣向を変えて作らせたドレスは、ユリアにたいへんよく似合っていた。それこそ言葉を失うくらいに。

それをまとった彼女は、今まさに成熟していこうとする乙女にしか出せない可憐な色香を漂わせ、日頃完璧に抑制されているベルンハルトの欲をくすぐった。

加えてユリアの見せた、あの庇護欲をそそる潤んだ瞳。

フランツィスカに嫉妬でもしたのだろう。自分を想って傷つき、涙を浮かべるあの瞳を上目遣いで向けられた瞬間、途方もない愛おしさが胸の内で膨れ上がり、彼女を今すぐ己のものにしたいという渇望《かつぼう》がこみ上げた。

我が身ながら嘆かわしいことだとベルンハルトは息を吐く。

庭園で聞こえたかすかな悲鳴がユリアのものだと気づいたのは、ほとんど本能的な勘だった。ほぼ同時にあたりに血の匂いが漂いはじめ、焦燥に駆られたベルンハルトがあたりにある明かりの一つを掴み、急いで現場にたどり着いたとき、そこには二人の人物が倒れていた。

一人は愛しい妹だ。美しく整えられていたはずの長い黒髪は土と血で汚れ、顔面は蒼白になっていた。幸い呼吸は確かで、ひどい外傷もなく、気絶しているだけだとすぐに判断できた。だが、首には明らかにヴァンパイアに吸血されたと分かる生々しい傷ができていた。

そしてもう一人は、口から泡を吹き、痙攣《けいれん》しながら悶《もだ》え苦しむ男だ。何度も繰り返し着用したのが窺《うかが》えるくたびれた上衣とズボンという出で立ちから、宴の参加者でないことは一目瞭然《りょうぜん》だった。

そんな男が、獣のような唸《うな》り声を上げて地面に這いつくばっている。その様は、ユリアの血の毒を摂取しただろうことを差し引いても異様だった。宮殿の使用人にも見えぬのに、こんなところに迷い込んできたことを考え合わせれば、禁断症状に陥《おちい》っていることは容易に察しがついた。

彼のそばには、小さな血溜まりができていた。吸血したはいいものの、異常を感じてすぐに吐き出したというところか。

——吸血。

その事実を意識すると、ベルンハルトは否が応でも頭に血が上るのを感じた。

この男がユリアから血を吸ったのは疑いようもない。か弱い彼女を力ずくで襲い、傷つけ、ベルンハルトでさえ飲んだことのないその血を飲んだのだ。大切な大切な、ユリアの血を。

理性を焼き切るような激しい怒りに呼応して、ざわりとヴァンパイアの身体が臨戦態勢に入ろうとする。そこで制止がかかった。

『殺そうとなんて、しないでよね。ユリアさんも大きな怪我はしていないみたいだし、禁断症状に陥《おちい》っているなら酌量《しゃくりょう》の余地もあるわ。このくらいで同胞を殺したら、次の長でも重罪は免《まぬか》れないわよ！』

彼女なりに全速力で追いかけてきたのだろう。ドレス姿のフランツィスカが切れた息を整えながら後方から現れて、ベルンハルトに鋭い視線を向けてきた。

罪を償《つぐな》うことになれば、ユリアをそばで守ることはできない。そのことがベルンハルトの怒りをぎりぎりで押しとどめた。

『……どちらにしろ、こいつはもう死ぬだろう。猛毒の血を口にしたんだ』

『飲んだ量が少なければ助かる可能性がないわけじゃないわ。幸い宮殿には、薬の在庫も治療の器材も十分な備えがある』

フランツィスカが言い終わらぬうちに、庭園を見張っていたと思しき警備の男たちが三人ほどやってきた。彼らに素早く指示を出し、倒れていた男を運ばせるところを見ると、フランツィスカがここに来る前に呼んでおいたらしい。

彼らの一人がユリアにも手を伸ばそうとするのを、ベルンハルトは無言で腕をかざして遮《さえぎ》った。いまだ鎮火しきれぬこちらの苛立ちを感じ取ったのか、その警備の者は目を合わせた途端に怯《ひる》んだ顔をしてそそくさと離れていった。

それからもともと休んでいた客間に急ぎ戻り、ユリアを運び込んで今に至る。

ベルンハルトは寝台のそばに置いてある椅子に腰掛け、眠る彼女の手を握った。そこから伝わる温かい体温に心の底から安堵する。

あのときのユリアの手は、とても冷たかった。

初めてベルンハルトの血を与え、拒血症を引き起こしてしまったときのことだ。

出会ったばかりの小さな義妹の身体はみるみる力を失い、この腕の中で命の灯火を弱らせていった。

あれほどの恐怖を、ベルンハルトはほかに知らない。

強靭《きょうじん》な身体と長い寿命を持つヴァンパイアの世界に生きてきた自分にとって、それまで死は悠久の生を全うした先にあるものだった。

もちろんエスカー国にも、不幸な事故や病や争いで命を落とす者はいる。だが、抜きん出た生命力を持つヴァンパイアが若くして亡くなることは本当にめずらしいことなのだ。

だから、これほどあっけなく死の危機に瀕《ひん》する義妹の存在は衝撃だった。

細心の注意を払って世話してやらねば、簡単に息絶えてしまう脆弱《ぜいじゃく》な生き物。

自分が守ってやらなくては――それはベルンハルトが生まれて初めて覚えた庇護欲であり、ヴァンパイアが血のつながりに対して本能的にいだくという、深い愛情を最も強く認識した瞬間だった。

この唯一の存在をなんとしてでも救わねばならない。

患者自身の生きる力にかかっていると、半ば匙《さじ》を投げるような発言をした当時の家門の主治医に代わり、ベルンハルトに希望を与えたのはフランツィスカだった。

『もしかしたら、治療できるかもしれないわ。もし、回復させることができたら――』

彼女の提示した交換条件は決して簡単なものではなかったが、今にも死にそうな状態にある義妹を救うことができるのならば、躊躇《ためら》う理由はなかった。

宮殿の寝台で眠りつづけるユリアの温かい手を包み込んだまま、ベルンハルトはなんの反応も示さぬその顔を一心に見つめる。

正気を失ったヴァンパイアに突然襲われたのだ。さぞかし怖い思いをしたことだろう。

しかも相手は今も生死の境をさまよっている。ユリアが目覚め、己の血の毒性を目の当たりにしたとき、どんなふうに感じるか。想像するだけであの愚かなヴァンパイアへの怒りが再燃しそうになる。

加えて、ユリアがあんな場所で倒れていた理由も気がかりだった。庭園の少し奥まった位置にあり、明かりもなく、普通に庭を散歩していただけならまず通らないようなところだった。

――フランツィスカから吸血しているところを見られたか。

そうとしか考えられない。驚きのあまり道を外れてしまったなら納得もいく。

――おそらく傷ついただろう。僕から離れようとするかもしれない。

一番の懸念はそこだ。恐れていると言ってもいい。それも病的に。

だがベルンハルトは、いいや、と胸に立ち込める憂慮を振り切った。

ユリアは思慮深い子だ。動揺はするだろうが、感情に任せて衝動的なことをしたりはしない。しばらく心を休める時間を与えてやれば、この義兄のそばが最も安全で居心地のいい場所だと理解するだろう。

逃げないように居心地をよくしつつ、縛り付けて閉じ込める。

自由と束縛の力加減が重要なのだ。

そのために面白くない気持ちをこらえて、多少の自由も許してやっているのだから。

面白くない、と感じる最たる要因である男の声が思考に割り込んだのは、そのときだった。

「ベルンハルト様。フランツィスカ様がお呼びとのことです」

部屋の外から二度のノックのあとで用件のみが告げられる。フランツィスカは現在、宮殿内の別の場所にある処置室で猛毒に冒された男の治療にあたっていた。

ベルンハルトは素早く立ち上がり、部屋を出ると、廊下に控えていたノエルに淡々と命じる。

「僕がいない間、ユリアについていろ。絶対に目を離すな」

「承知いたしました」

数刻前の護衛としての失態を本人も重く受け止めていたのだろう。その返事には揺るぎない力がこもっていた。


処置室に赴《おもむ》いたベルンハルトを迎えたのは、やや疲労をにじませたフランツィスカの微笑みだった。

「一命はとりとめたわよ」

「そうか」

思っていたより自分が安堵していることに気づく。

愛する義妹の血を飲んだことは許しがたいが、己の血の毒でヴァンパイアを殺してしまったとなれば、おそらくユリアはさらに胸を痛め、自身の境遇を憂《うれ》えただろう。それに、故意ではないにしろ、長の家門の者が同胞を殺したとなれば、統治者側に対する民の不信を招きかねない。そういった事態を避けられたのは不幸中の幸いだった。

治療で使った道具類で雑然としたテーブルの上には、空になった瓶が大量に載っている。内側にわずかに残るのは赤い液体だ。

患者に血液を摂取させることには、毒を薄めるというだけでなく、ヴァンパイアの生命力を活性化し、治癒力を高める効果があった。

だから、ウィスカー家が統括するエスカー国の医療施設には、緊急時に備えてヴァンパイアたちから採取した血液の在庫が常にある。

精気を留め置き保存するために加えられている薬剤のせいで味はよくないらしいが、一刻を争うときにそんな贅沢は言っていられない。ヴァンパイアの多くが忌避感をいだく獣の血を飲むよりはるかにましだ。

「あなたがいて助かった。僕を止めてくれたことも。感謝する」

怒りのあまり男を殺しそうになったときのことを指して言うと、フランツィスカはぽかんとした顔になった。

「どうかしたか」

「あ、あなたが、そんな殊勝なことを言うなんて、めずらしくて……」

「そうだったか？　感謝すべきときにはしているはずだが」

ベルンハルトが首を傾げると、フランツィスカは額に手を当ててため息をついた。呆れられているというよりは、もはや諦めの境地といった雰囲気だ。

「あなたは誰かの手を借りるまでもなく、なんでも一人でできるからでしょう。――でも、私のことはもっと頼ってくれていいのよ。もうすぐ夫婦になるのだから」

含羞《がんしゅう》を持った瞳で見つめられ、ベルンハルトはさらりと視線を外す。だがそのとき、なにか気になるものが視界をかすめた気がして、もう一度フランツィスカを見た。彼女が着用しているドレスの飾り袖からそれは覗いていた。

手首に巻き付けられた銀色の細い鎖と、それに通された真珠のような白い玉。

アクセサリーかとも思ったが、それにしてはデザインが貧相だ。それに、わずかに赤みがかった玉の光沢は非常に独特で、ベルンハルトはそこに強い既視感を覚えた。

「男の身元の調べはついているわ。最近、街の狩猟隊の一つに配属になった者のようよ」

こちらの視線に気がついたのか、フランツィスカがさっと袖の中に鎖と玉を隠し、寝台に横たわる男を振り返ってそう言う。

不自然な仕草に疑念は深まるものの、あえて問い詰めるだけの明確な根拠はない。

ベルンハルトは「そうか」と相槌を打った。

「少し前まで国外で夫婦で暮らしていたのですって。いわゆる、はぐれヴァンパイアね。けれど、人間の国同士の争いに巻き込まれて奥さんを亡くしたらしいの。それで独り身でエスカー国にやってきた。でも、血を分け合う相手がいなくて禁断症状を起こしてしまったようね」

「身寄りのない者は診療所で血液の提供を受けることもできたはずだが……孤独に耐えられなかったか」

同胞、とりわけ血のつながった近親やコントラクトを結んだ伴侶を大切にするのはヴァンパイアの本能だ。ゆえに、それを失う苦しみも深く重い。愛する家族ではなく無機質な瓶から与えられる血液というものは、その孤独と悲しみをよりいっそう胸に刻みつけるものだ。

「身体が回復したとしても、そのまま狩猟隊に戻していいかは考えものだな。同じ事件を繰り返すことになるかもしれない」

「しばらくは診療所で預かることになるだろうから、その間に本人の意向をよく聞いておくように治療を担当する者には指示しておくわ」

毒の苦しみは去ったのか、眠る男の寝息は安定している。

それを確かめ、ベルンハルトは処置室をあとにした。

第四章　疑惑

ユリアが意識を取り戻したとき、あたりは薄暗かった。

それでもすぐにそこがどこか分かったのは、自分が横たわっているのが肌に馴染んだクニューベル家の自室の寝台だったからだ。いつの間にか着替えさせられていたらしい。身を包む寝間着も着慣れたものだった。

確か宮殿の宴に参加していたはず——と記憶をたどって、己に降りかかった災難を思い出す。

上体を起こして首筋に手を触れると、そこには包帯が巻かれていて、見知らぬ男の牙が肌を穿《うが》った感触がまざまざとよみがえった。

反射的にぶるりと身震いしたユリアの手を、何者かが掴む。

ぎょっと顔を上げたところで視界に映ったのは、安堵の表情でこちらを見つめるベルンハルトだった。

知らず硬くなっていた身体から力が抜けていく。だがその刹那、月の下で彼がフランツィスカを抱き寄せていた光景がふっと脳裏をよぎった。

「——やっ！」

思わず手を振り払ってから、己のしたことに気づく。

はっとしてあらためて顔を向けると、驚きに見開かれた紅《くれない》の瞳と出会う。そこには傷ついたような色がありありと浮かんでいて、ずきりと胸が痛んだ。それでも、謝罪の言葉はどうしても口にできなかった。

寝台の傍らにある椅子に腰を下ろした彼は、宴の衣装を着込んだままで、おそらくずっと付き添っていてくれたのだろう。

水の入ったグラスを手渡され、ユリアがそれに口をつけていると、ベルンハルトの目元が緩む。微妙に張り詰めていた空気がほぐれていくのを感じ、ユリアは密かに胸を撫で下ろした。

「目覚めてよかった。どこか痛かったり、気分が悪かったりはしない？」

「……平気。宮殿にいたはずなのに、いつの間にか屋敷に帰ってきていたのね。私はどれくらい眠っていたの？」

「自分の部屋のほうがゆっくり休めるだろうと思って、ユリアが眠っている間に連れ帰ってきたんだよ。一応診察はしてもらったけれど、首と手首の外傷以外は問題ないと言われたからね。眠っていたのは一晩だけだ。昨夜の宴で倒れて、今は早朝。もうすぐ夜が明ける」

まだ夜明けの気配すら感じられない窓の外を目配せだけで示されて、ユリアはそちらに顔を向ける。しかし、心は別のことを考えていた。

「……診察してくださったのは、フランツィスカ様？」

何気ない口調でその名を出すと、ベルンハルトは一瞬こちらの内心を探るような目つきをした。

それは注意深く観察していなければ見落としてしまいそうなほど短い間の出来事だったというのに、ユリアはなぜか激しい苛立ちを覚えてしまう。

「そうだよ。――ユリアを襲った男は禁断症状の状態にあったみたいだ。治療で命はとりとめたから、安心して」

あからさまに話題を逸らされたが、それよりももたらされた情報のほうが衝撃的で、ユリアは身を乗り出した。

「助かったの!? 私の血を飲んだのよね!?」

「ああ。吸血した血はほとんどすぐに吐き出したようだ。飲んだ量が少なくて、処置が早かったのが功を奏したらしい。もちろん、しばらくは療養が必要になるが」

「そう……そうなの……」

ユリアは脱力して息を吐き出した。

猛毒だと言われつづけてきたから、てっきり一滴でも口にすれば命を落とすものだと思っていた。魔女の書物にもそのように記されていた記憶がある。だからもしも治療できる方法があるとすれば、それこそ魔女の秘薬くらいだろうと考えていた。

なのに助かったとはにわかに信じがたいが、嘘をついたところですぐにばれるので事実だろう。

きっと今回はとても幸運だったのだ。治療にあたってくれた者には感謝しなければ――という思いは、すぐにしぼんでしまう。治療を施したのは、あの場の近くにいたフランツィスカで間違いないだろうから。

「フランツィスカ様は、優秀な薬師なのね……」

ぽつりと称賛を口にしたユリアにベルンハルトは訝《いぶか》しげな目を向けたが、その違和感を言葉にすることまではしなかった。

「薬のことは僕にはよく分からないけど、昔ユリアの拒血症を治したこともあるし、評価されているようだね」

「そう……」

拒血症も、ヴァンパイアにとっては数少ない命の危険がある病だった。

正直なところ、フランツィスカの薬師としての力量には疑問がある。ユリア自身もまた命を救われた身でありながら、こんなことを思うのは生意気なことかもしれないが、彼女には効果の強い薬をやたら使って患者の症状を力技で抑え込もうとするところがあるのだ。

ユリアが自分で薬草を栽培し、薬を調合するようになる前は、体調を崩したときにフランツィスカの診察を受けることもしばしばあった。しかし、混血の身体に彼女のやり方は全く合わなかった。

当時は自分の特異な体質が悪いのだと思っていたが、自ら薬学を学んだことで見えてきたこともある。

おそらくフランツィスカは、患者の体質や症状を見極めて薬の種類や量を調節するという繊細な作業が不得手だ。ヴァンパイアという頑丈な肉体を持つ単一の種族ばかりを診察しているわけだから、エスカー国の薬師はみな多かれ少なかれ同様の欠点を抱えていそうだが、彼女は特にその傾向が強いように思われた。

だから、こんなふうに薬師として大きな成果を上げていることを聞くと、なんとなく違和感のようなものを覚えてしまう。

しかし、そんなものは結局、ユリアの個人的な偏見に過ぎないのだろう。

フランツィスカが血の猛毒から男を救ったのは紛れもない事実だ。彼女の薬師としての欠点も、国民の大半が純血のヴァンパイアであるエスカー国なら大した問題にはならない。

淑女としてはもちろんのこと、薬師としても立派な務めを果たしている氏族の娘。だからこそベルンハルトの伴侶にも選ばれたのだ。

彼女に敵う部分など、ユリアの中にはなに一つなかった。

「ユリア……？」

唇を引き結んで思い詰めている様子の義妹の顔を、どうした？　と眼差しで問うようにベルンハルトが覗き込んでくる。

だが今は、彼の姿を瞳に映しているのがつらかった。

ユリアは俯《うつむ》き、目を逸らしたままの姿勢で言う。

「……しばらく、一人にしてくれないかしら。少し混乱しているの」

フランツィスカのことを除いても、昨夜ヴァンパイアに襲われるという恐ろしい目に遭ったばかりだから、不自然な発言ではないはずだ。

しかしベルンハルトは、そんな事件の直後にユリアを一人にすることに不安があるのだろう、躊躇《ためら》うように言葉を詰まらせる。

「屋敷の外には出ないわ。温室に行くだけよ。今の時間帯なら夜間の警備が配置されているから心配いらないでしょう？」

ユリアが行き先を伝えて再度お願いすると、しばらく黙考していた彼はしぶしぶといった様子で折れた。

「温室以外の場所には行ってはいけないよ。移動もなるべく警備の目があるところを通るんだ」

「ええ、分かっているわ。お義兄様《にいさま》」


普段着用のドレスに着替えて自室を出たユリアは、屋敷の内外の要所要所に立つ帯剣した男たちを確認しつつ、一番落ち着ける場所へ向かう。

明け方の温室は静まり返り、静謐《せいひつ》な空気に満ちていた。ガラスの壁に閉ざされた空間は、風が吹くこともなければ、鳥や動物たちが鳴き声を上げたり枝葉を揺らしたりすることもない。

そこにあるのは、じっとその場にとどまり、地に根を下ろして静かに伸びゆく草木だけだ。

噴水のある最奥の広場までやってきたユリアは、その片隅で最近地植えしたばかりのウェグワートの苗が元気に育っているのを見つけ、目を細める。

植物たちは、声をかけても葉に触れても反応を返してはくれないが、手をかけた分だけその成長で応えてくれる。そんな彼らとの触れ合いがユリアは好きだった。

冷涼な気候のエスカー国ではなかなか見られない濃い緑の中に身を置くと、もうほとんど掠《かす》れてしまった実の両親との記憶がかすかに思い出される。

秘薬の秘術を追う者から逃げる生活を送っている彼らは、ひとところに長くとどまることをしないらしい。それでも思い出の中の母は、一時的な住まいの庭で薬草を育てていた。小さなユリアもよくその世話を手伝った。

『植物の生きる力を手助けしてあげるのが薬草を育てるコツなのよ』

そう語った母がどんな声をしていたのかさえ、今のユリアには曖昧だ。ただ、愛情に満ちた優しい声だった――そんな印象だけがかろうじて頭の隅に残っている。

もっとほかのことも思い出したくて、閉ざされた記憶の蓋をなんとかこじ開けようとすると、ふっと心に浮かぶのは『これだけは、いつも肌身離さず持っていてね――』という母の言葉だ。

〝これ〟というのがなんだったのか、どうしても思い出せない。それがずっと胸に引っかかっている。

だからせめて唯一はっきりと覚えている母の教えだけはきちんと守りたくて、薬草の手入れをするときには、その生命力を引き出してあげることを常に念頭に置いていた。

緑に触れると落ち着くのは、瘴気《しょうき》の森の魔女の特性なのかもしれない。

だが昨夜は、その血が一人の同胞の命を奪いかけた。自分はあと少しのところで誰かを殺すところだったのだ。

男が助かったと聞いたとき、途方もない安堵を覚えた一方で、ひどい無力感をいだいた。

瘴気《しょうき》の森の魔女は、世界で最も薬に精通している者たちだ。その血を引いていながら、自分はただ一人の男を命の危険にさらしただけだった。男を救ったのはフランツィスカだ。

コントラクトを結べぬ身の上を嘆いたことは今までも数知れずあったが、これほどまでにこの血を捨てたいと願ったことはなかった。

実母から受け継いだものを疎《うと》んじたくはないのに、なぜ自分をこんな身体に産んだのか、とそんなことばかりを考えてしまう。

純粋なヴァンパイアであったなら、大好きな義兄と結ばれる未来も夢見ることができたのに、現実は誰かと人生をともに歩むことすら願うことは叶わない。

それでも今、ひどく傷ついたユリアに寄り添い、慰めてくれるのは、苦労して育ててきた温室の薬草たちだった。魔女である母から唯一教わったもの。

それが苦しくて、悲しい。

噴水の囲いに腰掛け、一人涙を流していると、入り口のほうから人がやってくる気配がした。

ユリアは頬を濡らす涙を急いで手巾《ハンカチ》で拭き取る。赤くなった目元は隠せないだろうが、できうる限り身なりを整えた。

しばらくして姿を現した来訪者は、この時間に誰かが温室にいるとは思わなかったのだろう、こちらの存在に気づいて足を止めた。ユリアは気まずさを感じつつ、努めてそれを出さないように微笑んだ。

「おはよう。朝早くから精が出るのね。今朝はなんの納品かしら」

その来訪者——薬とそれに関連する品を専門に扱う商人は、両脇に抱えていた二つの重そうな布袋を噴水のそばに下ろした。

「腐葉土ですよ。しばらく注文がなかったので、そろそろ必要になる頃かと」

「まあ。ちょうど頼みたいと思っていたのよ。助かるわ」

極北に位置するエスカー国の土は痩せているため、定期的に腐葉土を混ぜ込んでやる必要があった。

この商人とは、ユリアが薬草の栽培を始める前から薬学の書籍などの調達で世話になっている間柄だ。クニューベル家との付き合いは十年以上になるから、こういった融通を利かせてくれて助かっている。温室ができてからは納品の頻度や物量が格段に増えたため、彼にはいつでも温室に出入りしていいと許可を出していた。

温室の外に停めているのであろう荷馬車と広場を往復して腐葉土を運び込む商人をユリアはなんとはなしに眺めた。

商人の仕事にはこのような力作業もあるため、服装はシャツにズボンと飾り気のないものだ。しかし、ちゃんとした上着などを羽織ればきちんと見栄えがする程度にはよいものを着用している。

そういうところを見ると、この善良そうに見える男も、各国の貴族などを相手どって商談を繰り広げる抜け目ない商人の一人なのだと思い出す。己の才覚と経験だけを頼りに大陸中を渡り歩くなど、ユリアには想像もつかない。

己の知らない世界を思うと、胸に寂寥《せきりょう》感のようなものがこみ上げた。

だからなのかもしれない。ユリアがそんなことを尋ねてしまったのは。

全ての品物を運び終えて額に汗をにじませた商人は、手の甲でそれを拭いながら、いつも屋敷を去る前にそうしているように、なにか必要なものはあるかと問うた。

必要なもの。そんなものは、今は一つしか思い浮かばない。

「ねえ、血の毒を消し去る薬って、ないのかしら……」

彼の扱う商品の中には瘴気《しょうき》の森の魔女が作る薬もあったはずだ。

もしかしたら——というわずかな希望は、すぐに打ち砕かれた。驚いたように目を瞠《みは》った商人が、申し訳なさそうに答えたからだ。

「残念ながら、そういった薬はありません。血が毒性を帯びるのは病ではないので、薬で治すことはできないのです」

「……そう」

それからどんなやりとりを経て商人と別れたのか。気づけばユリアは噴水の前に一人で立っていた。落胆のあまりしばらくぼうっとしていたらしい。

温室を覆うガラスの向こうから朝日が顔を出していた。輝かしい朝の光は、今の自分には眩しすぎる。

ユリアはゆっくりと身体の向きを変え、屋敷に戻ろうとのろのろ足を動かす。涙で視界がぼやけていても、何千回と行き来した場所だ。歩くのに支障はなかった。

そうして温室の入り口にたどり着いたとき、金髪の青年がそこに佇《たたず》んでいることに気がついた。夜間にいる警備の者たちはすでに撤収している時間なので、ベルンハルトからユリアがここにいることを聞いて迎えに来たのだろう。

ノエルと目が合ったユリアは、おはよう、と言って微笑もうとした。だが実際は、嗚咽《おえつ》を漏らして大粒の涙を溢れさせただけだった。

ノエルがすぐさま駆け寄ってきて、苦しげに眉根を寄せた。彼にまでそんな顔をさせてしまうことが申し訳なかった。

「……そろそろ温室には庭師が水やりに来るはずです。こちらへ」

手を引かれるままにただ歩き、連れてこられたのは、庭の少し奥まったところにあるベンチだった。温室に続く小道を途中で曲がった先にあるそこは木々に囲まれていて、屋敷で宴を開いた際には男女の逢い引きに使われてもおかしくないような場所だった。

屋根もないので、ベンチの上には風が運んできたのであろう土埃《つちぼこり》がうっすら積もっていた。ノエルはその真ん中を丁寧に払い、懐《ふところ》から出した手巾《ハンカチ》を敷いてユリアを座らせた。そして自身は、その前に膝をつき、頭を下げる。

「昨夜はお守りすることができず、申し訳ありませんでした」

「私がついてこないでと言ったのよ。あなたは悪くないわ」

「いいえ、それでも……おそばを離れるべきではありませんでした。結果として、ユリア様がひどく傷つくことになってしまいました」

「……少し血が出ただけだわ。大げさよ」

ユリアは頬に残る水滴を自分の手巾《ハンカチ》で拭いつつ苦笑する。

「身体のことではありません。心のことを言っているのです」

胸の内を見通そうとするような眼差しでノエルがこちらを見上げた。

ユリアは涙を拭っていた手をぴたりと止め、ゆるゆると膝の上に下ろす。

そこにノエルの手が重なって、びくりと肩を揺らした。

「私を選んでくれませんか……？　ユリア様。私ならあなたにつらい思いはさせません」

「……無理よ」

「それは、それほどまでにベルンハルト様を愛しているからですか？」

それも理由ではある。だが、それだけでもない。

ユリアははっきりと首を横に振った。そして自嘲するように唇を歪める。

「私が、あなたに血を与えることができないからよ。コントラクトを結べない私は、誰も選ぶことができないの」

それは逃れることができない宿命だった。嘆き疲れたユリアは淡々と事実を口にする。

そんな様がノエルの中のなにかを刺激したらしい。膝の上に乗っていた彼の手にぐっと力がこもった。

「そんなのは、ベルンハルト様にそう思い込まされているだけでしょう！　この国を出てしまえば、コントラクトなんか結べなくてもなにも困りはしない！」

ユリアはふっと視界が広がるのを感じた。確かにそのとおりだった。

だが少なくとも、ヴァンパイアであるノエルにとっては、コントラクトは重要なもののはずだろう。コントラクトなんかなどとは間違っても言っていいものではない。

しかしその思考は、当の本人によってあっさりと覆《くつがえ》される。

「私もユリア様と同じ、混血の身なのですよ」

ユリアは目を見開いてノエルを凝視した。

「嘘……」

「嘘ではありません。周りにはエスカー国の生まれだと偽っておりますが、本当は、少し前にこの国に来たばかりなのです。ベルンハルト様とクニューベル夫妻はご存知です」

「で、でも……っ、ノエルは私と違って、強いわ。純血のヴァンパイアにも負けないくらい。——

そうよ、お義兄《にい》様が護衛に選ぶくらいだもの」

細身ながらも筋肉のついた身体つきは、ヴァンパイアの戦士そのものだ。

しかし、それを聞いたノエルは口元を歪めて苦笑する。

「私は、ヴァンパイアと翼人《よくじん》の子ですから。……翼人という種族のことはご存知ですか？」

「……本で少し読んだことがあるわ。神の守り人とも呼ばれる、東の聖域を守る者たちだと」

その存在は、瘴気《しょうき》の森の魔女以上に謎に包まれている。

だがノエルは、それで十分だと言うように頷いた。

「そう。守り人の名に相応しく強大な力を持つ者たちです。つまり、ヴァンパイアと翼人の両方の血を引く私は、実に戦う能力に恵まれた生まれだということですよ」

恵まれた、と言いつつも、その表情は自虐的だ。

翼人の共同体がどんなものかなどユリアには想像もつかないが、おそらく混血の者にとってはあまり居心地のよい場所ではなかったのだろう。それは彼がその出自を隠していたことからも窺《うかが》える。

「もっとも、ベルンハルト様が私を護衛に選んだ理由は、戦闘力とは別のところにあったようですけどね」

さらりとそう告げた彼の瞳が、冷たい色を帯びて光る。

「どう、いうこと……？」

ユリアはそう尋ねながらも、先ほど聞かされた内容を思い出していた。

ベルンハルトにそう思い込まされているだけ。

確かにエスカー国を出るという発想が頭にまるでなかったのは事実だ。だがそれは単に、思い浮かばなかっただけだ。

……そのはずだ。ベルンハルトが意図的にそうさせているなんて、あるはずがない――

「先ほど私は、ユリア様と同じだと申し上げましたね。ですが実のところ、体質は全く違うのです。どうやら私は、翼人である母の形質を色濃く受け継いだようです。聖力を糧《かて》として生きているので、血を飲む必要はないのです。代わりに精気を持たない身体なので、血をあなたに分け与えることもできません」

ノエルはそこで言葉を止めた。

ユリアはそんな体質もありうるのかと驚いたが、それがどういう意味を持つのかまでは分からなかった。

彼はふっと息をついて微笑む。

「つまり――私ならば、ユリア様のそばに置いても、あなたに血を与えるというベルンハルト様の役割を奪うおそれがない。そう確信できたから、ベルンハルト様は私をあなたの護衛に選んだのです」

そのとき、ざわざわと木々が風に揺れる音があたりに響き、突如周囲が薄暗くなった。雲が太陽を覆っている。

語りかける彼の表情も口調も穏やかなのに、ユリアはどうしてか逃げ出したい心持ちに駆られた。

「そんな……奪う、なんて、そこまで警戒することかしら……？　まるで誰にも絶対に譲りたくないみたいじゃない」

「少なくとも、ベルンハルト様にとってはそうでしょうね」

心理的なものからか、肌寒さを感じたユリアはぎゅっとわずかに身を縮める。そんな些細な仕草に気づいたのだろう、ノエルは一瞬躊躇《ためら》う様子を見せたが、結局はそのまま続きを口にした。

「ユリア様が長の屋敷に引き取られ、成長なさる過程で、ベルンハルト様に依存するよう仕向けられている……と感じたことはないですか？」

「依存……？　そんなの、ないわ。あるわけがない……」

ユリアは半ば自分に言い聞かせるように答えた。

依存しているかしていないかと問われれば、しているだろう。それも、かなり。

だが、それは仕方のないことだと思う。

血も、愛情も、知識も、生活を織りなすなにもかもをベルンハルトから与えられた。新しい両親は常に忙しく、毎日顔を合わせられるわけではなかった。だから屋敷にいるときはもちろん、まれに出かけるときもベルンハルトと常に一緒だった。

だから、結果的に誰よりも愛着をいだくようになっただけ。それがなんだというのだ。

「ノエルは、なんだかお義兄《にい》様を悪者扱いしようとしているみたいだわ。確かに最近の私はお義兄《にい》様の縁談に動揺して、不安定なところも見せてしまったけれど。でも、お義兄《にい》様は優しいし、本当に私のことを大切にしてくれているのよ」

ユリアは懸命に義兄の潔白を主張し、分かってもらおうとした。だが、どれほど必死になっても、ノエルは困ったように笑うだけだった。

「なら、ユリア様の周りにいる使用人たちの態度はどうですか？」

「え……？」

「事務的で、ほとんど会話すらしないのではないですか？」

ノエルの指摘は正しかった。

だが、使役する者と仕える者という関係なのだから、それが普通ではないのか。

ユリアの言いたいことを察したのだろう。ノエルは悲しげに首を横に振る。

「彼らが口をつぐむのは、ユリア様の前だけですよ。ベルンハルト様からそう指示を受けているのだそうです。ユリア様はご家族以外のヴァンパイアを内心では怖がっているから、必要以上に口を利かないように、と」

「お義兄《にい》様が……そんな、指示を……？」

ノエルが痛ましそうに眉をひそめる。

「やはり知らなかったのですね……。あなたがいないところでは、使用人たちももう少しは口を開きますよ。クニューベル夫妻やベルンハルト様に対してだって……主と使用人の間には信頼関係が必要ですから、それを築くために不可欠な会話が、禁じられているはずがないではありませんか」

それはあまりにも道理な話で、ユリアは反論の言葉を持たなかった。

「ユリア様についている数人の使用人の中で私だけが唯一、あなたとの会話を許されているのです。あなたの気晴らしのためでしょうね。ベルンハルト様が政務で不在にしている時間が増えれば、ユリア様はまともに会話できる相手がいなくなってしまいますから。――使用人の中には、ユリア様が外界から巧妙に隔離されていることに疑問を感じている者もいるのですよ。お疑いになるなら、その者をここに連れてきましょうか？」

二人の間を、生温《なまぬる》い夏の風が駆け抜けていった。ユリアは乱れそうになる髪を押さえ、風が収まるのを待って口を開いた。

「……連れてこなくて、いいわ。ノエルの言いたいことは、分かったわ」

そこまでしてもらわなくとも十分に理解した。

今まで妙に思うことが、全くなかったわけではないのだ。

接する相手が極端に少ない生活の中で、ユリアにはほとんど外出が許されなかった。それはただベルンハルトが過保護なだけなのだと思っていたが、成人した今でさえ自由に屋敷を出られないのはおかしい。

いや、ユリアは外に出たいと口にすらしなかった。

だって外は怖い。

強靭《きょうじん》な肉体を持つヴァンパイアの前でユリアは無力だ。エスカー国を出れば魔女の血を引く者として追われる可能性だってある。

外には危険が満ちている。

そう繰り返しユリアに説き、恐怖心を植え付けたのは、ほかでもないベルンハルトではなかったか。

「私とのことは、落ち着いたときにまたゆっくり考えていただいてかまいません。ですが、ベルンハルト様とは、すぐにでも距離を置いたほうがいいと思います。でないと、ユリア様が苦しむばかりになりそうで……」

尻すぼみに途切れた言葉の代わりに、強い眼差しがじっとこちらを見つめる。ノエルが心の底から自分を案じてくれていることが痛いほどに伝わってくる。

ユリアはいまだ膝の上にあった彼の手の下から己のそれを緩慢に引き抜いた。

「ごめんなさい……まだ、どうしたらいいのか分からないの……」

どちらのものか、ため息のように落ちた吐息の音は、またたく間に風の中に消えていった。


ユリアはもはや、自分の気持ちを見失っていた。

なにがあってもベルンハルトのそばにいたい。そうずっと願ってきたはずだった。

だがノエルによれば、ほかの選択肢が見えないほどに視野が狭められているこの状態こそが義兄によって意図的に仕組まれたものなのだという。

ベルンハルトは義妹の外界との接触を最小限にすると同時に、その内面にも働きかけてきたのだろうか。ユリアが決して自発的に彼の領域から出ていこうなどと言い出さないように。外の世界に対していだく恐れも、他者と接するときに覚える気後れも、そう感じるように彼に育てられた。そう考えると、いろいろな点で辻褄《つじつま》が合うような気がした。

ひょっとすると、ベルンハルトを愛するこの気持ちすら、彼に誘導されたものなのかもしれない。そんな可能性まで浮かんでしまい、ユリアは自分の心も信じられなくなっていた。

離れるべきだというノエルの主張はきっと正しい。

ベルンハルトのそばにいても傷つくばかりだということは、すでにいやというほど思い知った。それでもそばにいることを選択する理由が果たしてあるだろうか。

いくら考えてもこれと確信できる理由は見つけられない。

なのにいまだぐずぐずと決断を下せないのは、ユリアの心がすでに取り返しがつかないほど義兄に囚われてしまっているからだろうか。

ノエルと庭で話したあと、屋敷に戻ったユリアは、その日ずっと自室に閉じこもっていた。朝食と昼食だけは部屋に運んでもらい、それ以外の時間は護衛も部屋に入れず一人でいた。

今は誰になにを聞いても不安定な気持ちに拍車がかかるだけのような気がして、ただ心を鎮める時間が必要だと思った。

昨夜の出来事があるから、屋敷の者たちはみなユリアの心情に配慮してそっとしておいてくれた。だから気づくのが遅れたのだ。今夜が満月だということに。

夕食は軽いものをまた自室で食べ、使用人には部屋に付属する浴室に湯を準備させて下がらせた。入浴はいつも一人でしていたから別段戸惑うことはない。身体の汚れを洗い流して清潔な寝間着に身を包むと、ようやく少しだけ落ち着きを取り戻せたように思えた。

自室の窓を開き、バルコニーに踏み出すと、新鮮な空気が肌を撫でていく感触が心地よい。

風が木立を揺らす音を耳にし、目を向けたところで、今夜はずいぶんと明るいのだなとユリアは思った。

そこではっとした。

見上げた空は、漆黒よりもやや淡い濃紺色をしていて、欠けたところのない黄金の月がひときわ目を引き付けた。

満月と新月の夜は、お義兄様《にい》から血を分け与えられる日だわ――

そんな思考に呼応するかのように部屋の扉がコンコンと叩かれ、ユリアはぎくりと身体を強張らせた。

「ユリア？　起きている？」

予想にたがわず、耳に届いたのは聞き慣れた義兄の声だった。

「そろそろ血を飲む時間だろう。まだ気持ちが落ち着いていないかもしれないけれど……大丈夫そうなら中に入れてほしい」

大丈夫、ではない。

だが、ベルンハルトの躊躇《ためら》いの交じった声音からはユリアに対する気遣いが十二分に感じ取れて、いつもの優しいお義兄様《にいさま》だわ、とつい気を許してしまいそうになる。

「ユリア？」

再度のノックのあと名前を呼ばれて、ユリアは慌てて扉のそばに駆け寄った。取手に手を伸ばして、けれど開けるべきなのか心の中ではまだ迷っていた。

「……起きているわ。その……」

「まだつらい？　難しそうならまた日を改めようか。あんなことがあったんだから、無理をしなくてもいいよ」

扉越しの提案は、こちらの気持ちを最優先に尊重してくれるものだった。だからユリアは、それに甘えて吸血の日を延ばしてもらおうと思った。だが――

『ベルンハルト様に依存するように仕向けられている……と感じたことはないですか？』

ノエルの声がふと、脳裏によみがえる。

ベルンハルトは無理強いしない。義妹が気づかないように巧妙に選択肢を狭めるのだ。

今だって、ユリアは義兄から離れるかどうかを考えていたはずだった。なのに、彼からの吸血を繰り返す日常へ戻るように促されている。もしかしたら現在提示されている選択肢そのものには、そんな意図は込められていないのかもしれない。だが、流されてはいけないと思った。

決心は、まだつかない。けれど、一度この義兄から距離を置いたほうがいい。

――そうしないと、自分の心さえ見えないままだわ。

扉に施された細やかな彫刻に手を当てて、ユリアは深く息を吸う。

「しばらくは、お父様かお母様から血を飲ませてもらうことにするわ」

早口にならないように、努めて自然な口調で言い切って、は、と息を吐く。それと同時に、気味が悪いほどの沈黙がその場に落ちた。

扉の向こう側の気配は完全に静まり返っていた。耳を澄ませてみても、物音一つ拾い上げることはできない。ベルンハルトの反応を己の目で確かめたくなるが、互いの間には分厚い扉が立ちはだかっていた。

突如生まれた会話の空白は不自然なまでに長く続き、ユリアは次第に自分はとんでもないことを言ってしまったのではないかという不安を膨らませていった。

だから、ようやく返った義兄の声が、変わらず穏やかなものだったことにホッとした。

「どうして突然そんなことを言うの？　僕のことが嫌いになった？」

「違うわ。そんなわけない」

「なら、どうして……？　ユリア、ここを開けて。顔を見て話そう」

ユリアは少し悩んでから扉を開けた。吸血に関わる大切な話を顔も合わせないでするのでは、さすがに不誠実だと思ったからだ。

目の前に現れたベルンハルトは心配でたまらないといった表情でこちらをじっと見る。ユリアは反射的に視線を逸らし、「座って」と室内の長椅子を示した。

ベルンハルトが腰を落ち着けたのを見届けて、ユリアも向き合って置かれている長椅子に座ろうとする。それが彼は気に入らなかったらしい。

「こっちだ、ユリア」

その指が隣の座面をとんとんと叩く。

ベルンハルトのそばに近づけば、己の心がまた揺らいでしまいそうで怖かった。だが、いたずらに歯向かって相手を刺激するのも得策ではない気がする。

示された場所にユリアが座ると、すぐさま手を引かれ、腰を捻《ひね》って上体を向き合わせる体勢にさせられた。

寂しげな色を宿した紅《くれない》の瞳と間近で見つめ合う。彼のそんな様を目にするだけで、胸がぎゅっと切なさを訴えた。

「さあ、わけを聞かせて。どうしてそんなことを言い出したの？」

「……フランツィスカ様に、申し訳ないの」

咄嗟に出た言い訳は、あながちその場しのぎとも言い切れないものだ。ベルンハルトがもうすぐ結婚することを思えば、義妹の自分が遠慮するのは当然であるし、むしろ正当な理由と言えるだろう。

しかし、ベルンハルトは微笑んでそれを一蹴する。

「フランツィスカのことは気にしなくていいんだよ」

その微笑があまりにも美しかったせいだろうか。ユリアの背中をなにかぞくりとするものが這い上がった。

不安を煽《あお》るその感覚を振り払おうとするようにユリアは首を横に振った。

「そんなっ……そんなわけにいかないわ。お義兄様《にい》たちはコントラクトを結ぶんでしょう？　尊い契約を結ぶのに、私が割って入るべきではないわ」

純血のヴァンパイアである義兄にとって、コントラクトは生涯で至上と言ってもいいほど大切なものであるはずだ。

それなのに、ベルンハルトはまるでおかしいことを聞いたとばかりにふっと笑った。そして、ものを知らない義妹を諭すような口調でこう言うのだ。

「ユリア、契約は、契約だよ。尊いもなにもない。あんなのはただ血を交換するという物理的な行為でしかない」

「——本気で言っているの……？」

彼はその質問こそ意味が分からないと言いたげに首を傾げる。

「もちろん。当たり前じゃないか」

ユリアは二の句が継げなかった。

ヴァンパイアにとって吸血、とりわけコントラクトが尊いものであると教えてくれたのは、ほかでもないこの義兄だ。

だからユリアは、互いに血を与え合うベルンハルトとフランツィスカの関係に憧れて――いや、嫉妬していたのだ。愛する者に血を与えることのできない我が身を憂《うれ》えては、義兄の隣に堂々と立てるフランツィスカを羨《うらや》み妬んでいたのだ。なのに――

お義兄《にい》様にとっては、吸血も、コントラクトも、とるに足りないものだったのかしら……

満月と新月の夜に彼から血を与えられることは、ユリアにとって特別なことだった。それも、独りよがりな思いだったというのだろうか。

自分が切実なまでに求めていたものや大切にしていたものを否定され、目の前の光景が霞《かす》んでいくようだった。

「それでも……っ、私はずっと心から願っていたわ……！　私の血が、お義兄《にい》様に捧げられるものだったらよかったのにって！」

感情のままに叫んでしまったユリアを、ベルンハルトは温度のない瞳で見下ろしていた。

その口角がゆっくりと持ち上がり、唇が笑みの形に、歪む。

「それは、本心からの言葉かな？」

「え……？」

試すようなことを尋ねる義兄は、穏やかな表情を浮かべている。なのに、なにかがおかしい、とユリアの中のなにかが警告する。

目に涙を溜める義妹の頬に手を当てて、ベルンハルトは目を細めた。その様子にどこかほの暗いものを感じ取って、ユリアはぎくりとする。

「本当は、精気を得るだけなら、血液じゃなくてもいいんだ」

「なにを言って……？」

「血液でなければならないのは、十分な量の精気を得られる方法がそれしかないからだよ。だが量にこだわらないなら――精気を捧げるだけなら、唾液や、涙や……ほかの体液だって、なんでもかまわないんだ」

ベルンハルトの紅《くれない》色のはずの瞳が、昨夜宮殿の庭園で見たような鮮明な桃色に輝いていた。その妖《あや》しい光に、ユリアは金縛りにあったような心持ちになる。

気づけば、唇と唇が重なっていた。これまでにも何度か交わしたことのある口づけ。しかし、これはそれらとは全く別物の行為だと悟ったのは、義兄の舌がぴたりと合わさった唇の境目を無理矢理こじ開けて押し入ってきたときだった。

「んんっ……!?　やっ……は、んんぅ！」

なんとか離れようとベルンハルトの胸を押しやろうとするが、力の差は歴然だ。非力な抵抗は片手で簡単に押さえ込まれてしまう。長椅子の上に組み敷かれるのはあっという間だった。

それでもユリアが顔を背けようと抗っていると、わずかに唇を離したベルンハルトが「暴れないで」と甘やかに囁く。

「口の中に意識を集中させてごらん」

そう言ってまた貪《むさぼ》るように狭い口内を舌でかき回す。

ほとんど無条件に義兄の言葉に従ってしまうのは幼い頃からの習い性だ。とろりと流し込まれた相手の唾液にユリアはぴくんと身体を震わせた。

──なに、これ……

理性を溶かすような甘美な味と香り。まるで血だ。だが吸血したときと異なるのは、身体を精気で満たされる充足感がなく、ただただ欲だけが刺激されるという点だった。耐えがたい飢えがまたたく間にこみ上げ、もっと飲ませてほしいと自ら舌を伸ばしそうになってしまう。

求めるまでもなくさらなる唾液が口内に注がれて、互いのそれが混ざり合う。ベルンハルトの舌が、内部に溜まった温かい液体を搦《から》め捕るように荒々しく動く。

濃密な触れ合いと唾液がもたらす恍惚《こうこつ》感はユリアの思考を次第にぼやけさせていった。

その甘い香りがする液体をもっと与えてほしい。それしか考えられなくなる。

とうとう自分から舌同士を擦り合わせるように動いてしまい、ユリアは「あ……」とか細い声を上げる。

ぱっと開いた目に飛び込んできたのは、ゆるりと笑んだ義兄の瞳だった。それでいいんだよ、と言わんばかりに頬から耳を愛おしげに指の背で撫でられて、ユリアの四肢から抵抗の力がふっと抜けてしまう。

──ダメよ！　今はこんなことをしている場合じゃない。話をしなければならないのに……

頭の冷静な部分では理解しているのに、身体はすでにベルンハルトの言いなりだった。

こんな行為をユリアは知らない。教わっていない。

だが、唇と唇を触れ合わせることすら、特別な人とだけ、と言われていたのだ。こんな深く生々しい交わりなら、それよりもさらに親密なものであることは想像がつく。

これは、兄妹でしていいことではないのではないか。

そんな推測がふと胸をよぎる。

拒絶すべきだ。なりふりかまわず本気で抵抗すれば、きっとこの義兄は無理強いしないはず。

そう思うのに、乱暴さの消えたベルンハルトの動きには代わりにどことなく切羽詰まったものが見受けられて、ユリアはたちまちどうにかしてあげたいという気持ちになってしまう。

三歳でこの屋敷に引き取られてから十数年間、彼の教えを守り、彼を愛して生きてきたのだ。全力で歯向かおうとする意思を自分自身の心と身体が拒んでいた。

肌を撫でる彼の呼吸はとても熱くて、そこには今まさにユリアの内側を焦がしているものと同じ興奮が宿っていた。

――お義兄《にい》様も、私が、欲しいの？　私の、精気が……？

ベルンハルトに精気を与えるのはフランツィスカの役割だ。ユリアではない。

分かっていても、自分が与えられるものなら与えたいという思いがあった。

他者に触れられることに慣れていない敏感な内部をぬらぬらと探られ、互いの唾液を交換すると、得体の知れぬ気持ちよさが生まれる。それは媚薬のように思考を麻痺させ、目の前の欲しか見えなくしていく。

「――あぁっ！」

じゅっと舌を吸われながらくすぐるように耳孔に指を差し入れられ、ユリアはびくんと震えた。それと同時に、下腹部にもどかしい熱が灯っているのに気がつく。胸の先端のあたりもなんだかむずむずして、触って確かめたいような気持ちになる。

もちろん、義兄の前でそんなことができようはずもない。なのに、ようやく唇を離したベルンハルトは、ユリアの顎を伝う唾液を舐め取りながら「どうかした？」などと素知らぬ様子で問いかけてくる。

「……っ、なんだか、身体がおかしいの……！」

上質な布地の張られた座面の上でうずうずと腰を揺らし、膝を擦り合わせるユリアの姿を、上体を起こしたベルンハルトがしげしげと眺める。そんなふうに観察されるのが消え入りたいほど恥ずかしい。

ユリアはたまらず乞うた。

「吸血させて、お義兄様《にいさま》……！」

そうすれば、この身を苛《さいな》む飢えからも解放されるはずだ。

だが、ベルンハルトはいいやと首を横に振る。

「今のユリアに必要なのは、血じゃないよ」

「え……？　でも……」

この渇きは、義兄から血を分けてもらい、もっと飲みたいと感じるときの感覚にとてもよく似ている。

血で解消することができないのなら、一体どうすればよいのだろう。

先ほどベルンハルトは、唾液や涙では精気の量が不十分なのだと言っていた。

だったら、この飢餓感を癒やすすべなどないのでは――？

「やぁっ、んんっ！」

突然寝間着越しに左の乳房を掴まれて、ユリアは悲鳴を上げた。驚きの悲鳴でも非難の悲鳴でもない。触れられた瞬間、身体に鋭く走った熱に思わず声が出たのだ。

ベルンハルトの大きな手のひらがぐにぐにとユリアの豊かとは言いがたい乳房を揉んでいる。とりわけその中央に存在する突起を。

「そんなところ、触っちゃ……っ、だめぇ……っ」

いやいやと首を振りながら訴えたのに、彼はふっと笑みを作る。

「そう？　本当に？　もっと自分の感覚に意識を集中させてみて」

さすがに今度は反射で従ったりはしなかった。だが、意識を集中させるまでもなく、触れられたところから醸《かも》される感覚は波のように全身に広がってユリアを十二分に翻弄《ほんろう》していた。

触って確かめたいと思っていたそこに触れられて生じたのは、もどかしさが解放されたことによる快感と、もっと強い刺激が欲しいという新たなもどかしさだ。

気持ちよくて、でももの足りなくて。

このままもっともっとと求めてしまったら、とんでもないところにたどり着いてしまいそうで、ユリアは恐れを覚えた。

それでも抗えない。

おそらく本能的に理解していたのだ。この強烈なもの欲しさを鎮めるためには、このまま突き進むしかないのだと。その先になにかとてつもなく気持ちのいい境地があるのだと。

「大丈夫、そのまま自分の欲に従って。ヴァンパイアにとって精気と性欲はとても近いところにあるから、異性の唾液を飲んで興奮してしまうのは仕方のないことなんだよ。ユリアが悪いわけじゃない」

そそのかすように、自分が悪いわけではないのだと許しを与えられてしまうと、懸命に己の欲を律しようとしていた手綱はもろくも緩んでしまう。

両の乳房の先端をくりくりといじられながらベルンハルトとキスをする。身体は理性の声などすっかり無視して欲望に忠実に動いていた。

「んっ……おにい、さま……」

長椅子の上に横たわったユリアは覆いかぶさる義兄の首に腕を回し、甘い誘惑の蜜を滴《したた》らせるその舌を自ら積極的に追いかけた。

こんな淫らなキスの作法など知るはずもない。ただ欲しくて、ベルンハルトの頭を引き寄せ、無我夢中で唇を食《は》み、舌をしゃぶった。唾液が口端から幾筋も垂れていく。

こんなに意地汚くなにかを求めるなんて、はしたないと普段なら青くなるところだ。だが、今はそんなことを気にしている余裕すらない。

乳首を擦られるたびにびりびりとした快感を覚えて、お腹の奥がじりじりとなにかを訴える。腰が勝手に動いて、義兄の股間のあたりにあるなにやら硬いものに自分の脚の付け根を擦り付けてしまう。

「く……っ」

低くうめく声が筋の浮いた逞《たくま》しい喉元から発されて、ユリアははっと動きを止める。そしてかあぁっと顔に熱を上らせた。

私ったら、なんてことを……！

直接目にしたことはないが、男性のそこは女の自分とは違った作りをしていて、とても大事な場所なのだという。物が軽く当たっただけでとてつもない痛みを生じるというのは本で読んだ。

そんな繊細な部位に軽率に触れてしまってユリアがおろおろしていると、ベルンハルトの手が尻の下に差し込まれ、互いの腰を密着させるようにぐっと引き寄せられた。

「……？」

「もっと」

「え……？」

「ユリアの柔らかい身体で擦られると、気持ちがいいんだ」

そう乞う彼の声音は高揚のためか色っぽく掠《かす》れている。

「……痛く、ないの？」

「強くしなければ平気だよ」

「……こ、この硬いものはなに？」

ベルンハルトが少し困った顔になる。

「……僕が気持ちよくなっていることの証《あかし》みたいなものだよ」

「証《あかし》……？」

気持ちよくなっているというのは、今のユリアと同じ状態ということだろうか。

「……男の人は、大変なのね。自分の内部の状態がこんなふうにあらわになってしまうなんて」

同情する気持ちで口にしたのに、なぜかベルンハルトはおかしそうに笑った。

「女性にもあるよ。その証《あかし》が。男とはだいぶん違った形だけれど」

彼はそう言い、義妹のまとっている寝間着の裾を大胆にめくり上げる。ユリアが呆気にとられているうちに、そのまま頭まで引き抜かれて、下半身を隠していた下着も素早く取り払われてしまう。

下着姿までなら採寸のたびに見られているが、全裸をさらすのは一人で入浴できるようになって以来なかったことだ。

「な、なにするの……やんっ⁉」

胸を腕で隠しつつ抗議しようとしたユリアは、両足首を持ち上げられて、ころんと上体を座面に沈めることになった。

「やっ……お義兄《にい》様っ、どこ見てるの⁉」

脚を開いた状態で押さえつけられ、あらわになったその狭間にベルンハルトが顔を寄せるのが見えて、恥ずかしさのあまり目に涙がにじんだ。

ありえない場所を長い指でなぞられ、ぴくんと身体が揺れる。しかも同時に「んぅ」という悩ましい声まで漏れてしまってユリアは両手で顔を覆った。

「ああ、ユリアもすごく感じてくれていたんだね」

うっとりとベルンハルトが呟く。次いで「ほら、ごらん」と促され、ユリアがおそるおそる目元から手をずらして見てみると、眼前に義兄の大きな手がかざされていた。特に見えやすい位置に差し出された人差し指と中指の間には、透明な粘液が糸を引いて光っていた。

「なに……これ……」

聞かなければいいのに、ユリアは心に浮かんだ疑問を真正直に口にしてしまう。

「ユリアが気持ちよくなっていることの証《あかし》だよ。とてもたくさん出ている」

ベルンハルトは指に絡みついた粘液をあろうことか舌で舐め取り、恍惚《こうこつ》とした表情を浮かべた。

彼の桃色に輝く瞳がひときわ強くきらめく。

　ユリアはなにかよくない流れを感じ取り、背後に肘をついて後ずさろうとした。だが義兄の腕で固定された下半身はびくともしない。再びその麗《うるわ》しい顔が己の秘すべき部位に近づいていくのを目にしてユリアはもがいた。

「お義兄様《にいさま》!?　待って！　いやよ、いや！」

「ユリアも欲情して苦しいだろう？　楽にしてあげるよ」

「あっ、いやっ……やあぁんっ！」

　ぴちゃ、じゅる、とそこから分泌されているらしい粘液を舐めすする音が室内に響く。それと同時に、胸をいじられたときとは比較にならない快感が背すじを駆けのぼった。それは肉厚な舌がそこを這うたびに繰り返し繰り返し襲ってきて、ユリアは四肢をぎゅうと張り詰めさせる。

「やぁ、だめっ……おにいさまぁ、そこっ、舐めちゃ……あ、だめっ、あついのっ……あぁあ」

「これが、ユリアの味……」

　ベルンハルトはユリアの滴《したた》らせるその液体を一滴も逃すまいとするかのように恥部のすみずみまで舌を伸ばした。そして舐め取ったそれを嚥下《えんげ》する。それだけでは飽き足らず、すでに溢れていた分をあらかた飲み終えると、もっと出せと急かすように、秘所の中でもとりわけ感じやすいらしい突起を攻め立ててきた。

　快楽の芽とでも呼ぶべきそこを舌先で優しく撫でられると、強烈な気持ちよさがじんと脳天に突き抜けて腰が跳ねてしまう。その苛烈な衝撃は、初めての行為に対する知識すら持たぬユリアが恐怖を覚えるほどだった。

「おにいさまっ、まって！　そこ、こわいの……んんぅっ、あ、そこぉ……」

与えられる刺激に身悶《みもだ》えしながら懸命に訴えると、ユリアのそこに夢中になっていたベルンハルトの目がちらりとこちらに向けられる。

彼の瞳は見たことがないほど欲望にぎらついていた。それこそ、フランツィスカから吸血しているのを目撃したとき以上に。

それでも、ユリアが本気で怖がっていると知ると、わずかに眉間にシワを寄せ、苦悶《くもん》の表情を浮かべながら攻めの手を緩めようとしてくれる。

だが、ひと息ついていられたのもほんのしばらくの間だけだ。

どうやら異性の唾液が媚薬のように働くのと同様に、女の陰部からにじみ出る蜜も男を興奮させる作用があるらしい。はしたなく濡らしてしまっているユリアのそこをゆっくりと舌で舐め清めているうちに、ベルンハルトの動きがまた徐々に容赦のないものへと変化していく。

「ユリア……ユリア……」

圧倒的な官能に呑まれながらも、甘ったるく熱を帯びた声で名を呼ばれると、心は嬉しいと感じてしまう。

ひどいことをされているはずなのに、あの義兄が理性を失うほどに自分は求められているのだと思うと、喜びで胸が震えてしまう。

なにより、ユリア自身の中にも、この行為の先を恐れながらも渇望《かつぼう》する気持ちが間違いなくあったから、受け入れる以外の選択の余地など、彼の唾液を飲まされた時点ですでに残されてはいなかったのだ。

精緻《せいち》な装飾が施された長椅子の上に、あられもなく身を投げ出して、ただひたすら与えられる刺激に翻弄《ほんろう》される。

秘芽に触れられるたびに駆け抜ける衝撃は、もうこれを超える快楽はないだろうと思わせるものなのに、お腹の奥に熾火《おきび》のように灯った熱はどこか頂点を目指して少しずつその温度を高めているようだ。

その極致にたどり着きたいと本能が欲している——

無意識につま先を丸めてその準備をしていると、ベルンハルトもそれを察したらしい。舌先で敏感な突起をころころと転がしながら両腕を伸ばし、それぞれをユリアの左右の乳房に添える。

三つの尖《とが》りを同時につままれた瞬間、それは訪れた。

「んっ、あっあぁ————っ」

目の前が真っ白になるほどの強烈な快楽の波。

全身がぎゅうぅっと強張って、弛緩した。頭の中でなにかが弾《はじ》けたかのようだった。

「はぁ、はぁ、はぁ…………ぁんっ」

必死に息を整えているところで、秘芽の下あたりをずるずると吸われる。身体に力が入らず視線だけを動かすと、ベルンハルトが目元を赤くしてユリアが吐き出した蜜をすっていた。

いまだ渇きが癒えずにいるらしいその様子に、彼のそれはどうやったら解消されるのだろうという疑問が浮かんだ。ユリアの身をあれほど苛《さいな》んでいた飢餓感が今は落ち着いている。

そこでベルンハルトが起き上がり、ユリアの頭を乱暴に引き寄せて唇を重ねてくる。彼の唾液と己の蜜が混じった液体がどろりと口内に注ぎ込まれた。

「――んっ、ふぁ、あ……っ。そんな、したら……またっ……あぁっ」

その唾液に反応して、ずくんっと身体が熱を持つ。せっかく鎮まっていたのに、また振り出した。湿った音をたてながらベルンハルトは口移しで次々と唾液を飲ませてくる。一方でその長い指は、再燃した疼《うず》きを煽《あお》り立てるようにユリアの蜜壺を――そこに穴があると本人は存在すら知らなかった場所をかき混ぜていた。

ユリアはびくびくと身をよじらせながら、どうして、と視線で非難する。

欲にまみれた掠《かす》れた声が低く囁いた。

「まだ全然足りない」

「あんんっ！」

彼の指が秘芽を強く弾《はじ》く。

ベルンハルトの瞳は煌々《こうこう》と輝いて、そこに宿る欲望はまるで底が見えなかった。

「さぁ、ユリア。僕が満足するまで、君の精気を捧げてくれるね？」

溢れるほどの色気を滴《したた》らせた声が、誘惑するように耳に流し込まれる。

ユリアに抗うすべはなかった。

第五章　檻《おり》

『それは、本心からの言葉かな？』

そんな問いから始まった未知の行為は、本当に果てしなく思われるくらい長く続けられた。

ベルンハルトの手によってユリアは何度も何度も上り詰めさせられ、そのたびに唾液を与えられて飢えをよみがえらせられた。

途中からは意識も朦朧《もうろう》としてきて、もしかしたら半分は夢の中の出来事だったのかもしれない。

だが、最後の最後に吸血を許され、彼の首を噛んだ感触はいまだ生々しく記憶に残っているから、やはり全てが現実のことだったのだ。

血を飲んだあと、疲れ果てたユリアは落ちるように眠りについた。そのとき夜が明けていたのかどうかさえ判然としない。それからどれくらい眠っていたのかも。

ユリアが寝台の上で身を起こしたとき、日の光はすでに黄金色に染まりはじめていた。朝焼けではなく、夕暮れのそれである。

しかし、それ以上にユリアを驚かせたのは、そこが見知らぬ部屋だったことだ。

意識のない間に着せられたらしい綿のワンピースはさすがに自身のものだった。だが、寝かされている寝台は、一人で眠るには明らかに大きすぎるサイズで、しかもウォールナットの柱で支えられた立派な天蓋《てんがい》がついている。氏族の当主夫妻の寝室に置くような代物だ。しかし、ここが何度か足を踏み入れたことのある両親の寝室でないことは明白だった。調度品や壁紙は模様替えで変えられるとしても、ここは部屋の広さや形からして違う。

ユリアは寝台から下りて窓に駆け寄った。そして、そこから見える外の景色に目を瞠《みは》る。

「ここはどこなの……？」

眼前に広がっていたのは、手入れの行き届いたクニューベル家の美しい庭園ではなく、暗い針葉樹林ばかりがひしめく閉鎖的な眺めだった。

そのとき、背後で扉が開く物音がした。

「ああ、ユリア。起きたんだね」

片手に盆を載せたベルンハルトは、窓際に義妹の姿を見つけて柔和に頬を緩ませた。

ユリアは見知った人物の存在に安堵しかけるも、昨夜彼から受けた仕打ちを思い出して身を硬くする。

「ちょうどよかった。もう丸一日近くなにも口にしていないだろう？　目が覚めたときに空腹だったら可哀想だと思って軽食を用意させたところだったんだ」

そう言って、寝台の脇にある小ぶりな丸テーブルに盆を置く。冷めても美味しいようにという配慮なのか、皿の上に載っていたのはパンに肉や野菜を挟んだものだった。

自分の置かれている状況はどう考えても異常なのに、常と変わらぬ態度で話す義兄を見ていると、そのちぐはぐさに気分が悪くなりそうだった。

ユリアは冷静になろうと、テーブルのそばにあった椅子にひとまず腰を下ろす。だが、食事に手をつけようとはとても思えなかった。

「ここはどこ？　私の意識がないうちに連れ出したの？」

鋭く問いただすと、ベルンハルトは手のかかる子供を前にしたかのような苦笑交じりのため息をつき、腕を組んで寝台の支柱にもたれかかった。

「ここはクニューベル家の別邸だよ。ユリアを連れてきたことはなかったね。窓の外を見たなら分かるだろう。この屋敷はエスカーの街の外れにある。森の奥に棲《す》む魔物たちがここまで出てくることはないけれど、森の入り口はさほど離れていない。そういう場所だ」

「なぜそんなところに私を……？」

それはユリアにとってごく当然の質問だったが、ベルンハルトは意外そうに眉を上げた。本気で分からないの？　とでも言いたげだ。

「君が言ったんだよ、ユリア。父上か母上から血を飲ませてもらうことにする、と。だから僕は仕方なくここに君を閉じ込めることにしたんだ」

やはり自分をここに連れ込んだのはこの義兄なのだ。そのうえ、行動を制限しようとしている？

とんでもない暴挙のはずなのにこうも軽く口にできる心理が全く理解できなかった。

ワンピースのお腹のあたりをぎゅっと握る。目を逸らしたら気持ちのうえで負けてしまう気がして、必死にベルンハルトの紅《くれない》の瞳を睨みつけた。

「それで、どうして私をこんなところに閉じ込める必要があるの？　つながりが分からないわ」

「本当に？　なら逆に聞こうか。どうして僕から吸血するのを拒もうとした？」

「昨夜も言ったはずよ。フランツィスカ様に申し訳な――」

「それは嘘だ」

確信を持った断定でぴしゃりと遮《さえぎ》られ、ユリアは息を呑む。

「僕が彼女と婚約しているのはユリアもずっと前から承知していただろう。なのになぜ今さらそんなことを気にかける？　二ケ月前に結婚の時期を取り決めたときでさえ、君は傷つきながらも僕のそばにいることを選択した。君は大事な決断を感情で下す子じゃない。なら、今になって考えを変えた理由はなんだ？」

淡々と理屈を並べ立てられて気圧《けお》されそうになる。だがそのとき、彼の台詞《せりふ》に含まれる一つの真実に気がついた。

――お義兄《にい》様は、知っていたんだわ。お義兄《にい》様の結婚が決まったとき、私がどれほど苦しんだかを。

義兄のことを大好きな義妹が、その婚約者に少し嫉妬してしまっただけ。そう思っていたなら、〝傷つきながらも僕のそばにいることを選択した〟なんて言葉は絶対に出てこない。

ならばきっと、ユリアがあの日思わず口にしてしまった愛の告白の意味も正しく理解していたのだろう。そのうえではぐらかしたのだ。

激しい怒りと悲しみが同時にこみ上げて頭がどうにかなりそうだった。こんな残酷なやりようがあるだろうか。

「ユリア、君に僕から離れるように助言した者がいるね」

ノエルのことを指しているのはすぐに分かった。

「精気を持たない身体だと聞いたから護衛に選んだけれど、やはりそんなことには関係なく、君に親しい者を作るべきではなかったようだ。——君が悪いんだよ、ユリア」

ベルンハルトが腕組みを解いてこちらに歩み寄ってきたので、ユリアは椅子の上で身を守るように縮こまる。

だが、ベルンハルトはそんな警戒の動きを気にとめることなく、逃げ場を塞ぐように左右の肘掛けに手をつき、ユリアを見下ろした。秀麗なその顔が暗く陰になり、温度の感じられない表情が恐ろしかった。

「せっかく居心地のいい鳥かごを作ってあげたのに。逃げようとするなら、閉じ込めるしかないだろう？」

「鳥かご……？」

「この国と、クニューベルの屋敷のことさ。君は守られて、なに不自由ない生活を送れただろう？そのうえ、一人だけれど、話し相手になる護衛もつけてあげた。君が逃げようなどとは間違っても思わないように、居心地よく過ごせるように最大限気を遣ったつもりだったんだけどな」

「――だったら……！」

胸に渦巻く激しい感情が、ついに言葉となってほとばしった。

「フランツィスカ様との婚約を、破棄してくれればよかったのよ……！」

そうすれば、ユリアがここまで苦しむことはなかったはずだ。ベルンハルトから逃げようだなんて発想すらなかっただろう。だって彼を愛しているのだから。

――私の恋心を、分かっていたくせに！

しかし少し考えてみれば、そうしなかった理由など一つしかないことに思い至る。

最大限気を遣ったという言葉に偽りがないならば。

破棄しなかったのではなく、できなかったのだ。いや、破棄したところで意味がなかった。

そこで初めて、ベルンハルトの瞳にわずかな動揺の色がよぎる。

このタイミングで、なのか。そのことがさらにユリアの胸を抉《えぐ》った。知らぬ場所に連れ去って幽閉するようなことまでしでかしても、彼は本質的な部分で義妹の心を傷つけまいとしている。

答えに窮《きゅう》している様子の義兄にユリアは手のひらをかざした。

「答えなくて、いいわ……」

結局、いつだって問題の根源は自分のこの体質なのだ。コントラクトを結べぬ猛毒の血。

対するベルンハルトはクニューベル家の跡継ぎで、子をなすために伴侶が絶対的に必要だった。

ヴァンパイアの社会で認められ、純血のヴァンパイアを産むことのできる、コントラクトを交わした正当な伴侶が。

フランツィスカとの婚約を破棄したところで、すぐに別の縁談が持ち込まれたに違いない。周囲からかかる圧力も並大抵ではないだろう。それはベルンハルトが婚約者を定めるまで永遠に続く。

ユリアがその相手になれない以上、彼が別の女性と結婚することは避けられないのだ。

ベルンハルトのそばにいる限り、この心に安寧が訪れることは決してない。

それを思い知って、ユリアは涙をこぼした。

「ユリア……」

はらはらと流れていく雫《しずく》を長い指でそっと拭われる。だが、ユリアはそれを撥《は》ね除けた。

「触らないで！　……もう、私を自由にして。私のことは放っておいて」

「ダメだ」

「どうして？　こんなところに閉じ込めたって無駄よ。私の姿が見えなければすぐにお父様とお母様が異変に気づくわ。それに、ノエルだって……ノエル、彼はどうしたの？」

はっとして尋ねると、ベルンハルトの態度がたちまち硬化したのが分かった。

「彼は解雇した。ユリアを守れずそんな怪我までさせたんだ。当然だろう？　父上と母上には、ヴァンパイアに襲われたせいでユリアが怯えているようだから、一時的に別邸に移すことにしたと話してある。周りも、君の血の毒で実際に男が死にかけたという事実に衝撃を受けている。しばらくは少数の使用人と護衛だけに囲まれて静かに過ごしたほうがいいと父上と母上も判断した」

自分が眠っている間にそこまで周到に準備が進められていたことに、ユリアは愕然《がくぜん》とした。

彼は真顔で、冗談を言っているようにはとても見えない。本気で、義妹をここに閉じ込めようとしている。

「どうしてそこまでして、私を縛り付けようとするの」

「決まっているじゃないか。――愛しているからだよ、ユリア」

それを口にするときだけ、義兄の表情が本当に愛おしそうに綻《ほころ》ぶ。ユリアの熱くなった目元からさらに涙が溢れた。

それは家族愛なのか。異性に対する愛なのか。――そもそも本当に愛なのか。

本物なのかどうか。それはユリアがベルンハルトに向ける想いにも言えることだった。

ノエルの言ったことが胸に鮮明によみがえる。

『ベルンハルト様に依存するように仕向けられている……と感じたことはないですか？』

分からないわ……自分の気持ちも、お義兄《にい》様の考えも……

ユリアがうずくまって泣いていると、頬を乱暴にこすっていた手を、有無を言わせぬ、けれど繊細な手付きでよけられ、代わりに柔らかな唇が肌を濡らす雫《しずく》を吸いとっていく。

もはや抵抗の気力も失われていた――それ以前に、抵抗すべきかどうかさえ見失っていたユリアはされるがままになっていた。

すると、目尻まで丁寧に清め終えた彼の唇が最後にユリアのそれを覆う。

驚いて逃れようと思ったときには、すでに両腕を捕らえられて身動きを封じられていた。

「んっ……や、ダメ……っ」

隙を突いて口腔《こうこう》に挿し込まれた舌が甘やかな芳香を放つ唾液を送り込んできて頭がくらくらする。

これではまた昨夜と同じことになる。

だがベルンハルトが本気になれば、ユリアを従わせることなど造作もないことだった。

ゆっくりと時間をかけて、大量の唾液を飲ませられる。身体からくったりと力が抜けたところで抱き上げられた。

目を向けずとも、連れて行かれる先は予想がつく。

その日からユリアは、その寝室と続きの居間に軟禁されることになったのだった。


昼間、クニューベルの本邸や街の宮殿で政務をこなしたベルンハルトは、夜になると別邸に戻ってくる。そうして毎晩ユリアが力尽きるまであの淫猥《いんわい》な行為に耽《ふけ》り、溢れ出す体液をすすった。

居室と廊下を隔てる扉は外から施錠されていて、鍵は彼が持っていた。

ユリアを閉じ込めるためにわざわざそうしたのだろうか、扉の下部には盆に載った食器がぎりぎり通るくらいの穴が開いていていて、時間になるとそこから使用人が食事を差し入れた。

朝、昼、晩と作りたての料理が届けられたが、ベルンハルトがいないときは疲れ果てて眠っていることの多いユリアは、その時間に食べられないことがしばしばあった。そんな場合には、起きたときにあらためて温かい食事が出された。ユリアが体調管理のために常用しているハーブも抜かりなく揃えられていて、その待遇は決して悪いものではなかった。軟禁されていることを除けば。

ユリアは扉の向こうにいる使用人にここから出してくれと何度も訴えたが、鍵を渡されてすらいない彼らは恐縮して謝罪し、足早に去っていくだけだった。使用人の雇用も含め、クニューベル家の屋敷の管理はベルンハルトに一任されているから、おいそれと逆らうことはできないのだろう。

部屋の窓から見下ろすと、屋敷の周りに配置されている警備の姿を確認できた。本邸とは違い、昼夜にかかわらず立っているようなので、彼らの目を盗んで窓から脱出することは困難に思われた。そもそも部屋はどうやら二階にあるようだから、まずその高さから無事に外に出られるかという問題がある。

どうやっても逃げられない……

自分の置かれた状況に思いを巡らせていたユリアは、水面に映った自身の顔をぼうっと見つめ、何気なく指で弾《はじ》く。部屋に備え付けられた浴室にちゃぷんという水の音が思いのほか大きく響いた。

裸で湯に浸かり、浴槽の縁《ふち》にもたれかかっているユリアの背後では、衣服を着たままのベルンハルトが義妹の長い黒髪を入念にくしけずっている。国のために精力的に働いたあとなのだろうに、入浴を手伝うような余力があるのはさすが純血のヴァンパイアである。

一糸まとわぬ姿をさらす恥ずかしさにはとっくに慣れてしまっていた。宴のときに負った傷もすでに治癒しており、沁みることはない。

温かい湯と彼の手付きの気持ちよさにぼんやり身を任せていると、背後から声をかけられた。

「さっきからずっと黙っているね。なにか考えごとでもしているのかな」

「……どうやったらここから出られるか、考えていたの」

「まだ諦めていなかったの？　無駄だよ。屋敷の者には君を外に出さないように厳命してある。外部との連絡手段もない君にここから逃げる方法はないよ」

「そうね……」

自分でもそう思うから、正直に答えたのだ。少しでも可能性があるなら、わざわざ相手の警戒を誘うことを口にしたりはしない。

この屋敷に囚われるようになってから、ベルンハルトはこれまでに輪をかけて甘くなった。ユリアが逃げようとしなければ、そして彼のなすことに歯向かわなければ、忠義な侍女のごとき甲斐甲斐しさで身の回りの世話をする。

まるで彼が両親の補佐に就く以前に戻ったかのよう――いや、それ以上だ。

彼がユリアのそばにいられるのは夜の間に限られるが、その分濃密な時間を過ごしている。

だが、心は遠く離れてしまったようだった。

どれほど訴えても、ベルンハルトは絶対に外に出してはくれない。

こんなことをいつまでも続けられるはずがない。今は彼を信じきっているクニューベル夫妻も、いずれは事態を悟るはずだ。

ユリアにも分かることなのだから、義兄が理解していないわけがない。なのに、ベルンハルトは頑として聞く耳を持たず、軟禁を継続してもう十日余りだ。

ユリアは疲弊していた。そして冒されてもいた。義兄が口にした愛という言葉に。

お義兄様《にい》にとっての愛は、束縛することなのかしら……

相手を己のそばに縛り付けておくことさえできれば、心はどうでもいいのか。

自由を奪われている現在だけの話ではない。

彼はこれまでもユリアの苦しみに気づいていながら見て見ぬふりをしていた。

義妹に異性として愛されているという自覚がありながら、なにも知らぬような態度を貫いていたのも、結局はユリアを家族としてそばに留め置くためだったのだろう。口を利くのは最低限にするよう使用人に命じていたというのも、ユリアを孤立させてベルンハルトに依存させるため。

そんな行動を愛と呼ぶのは、果たして正しいのだろうか？

本当に義妹のことを思うなら、そして自身の結婚が避けられぬことであるなら、これ以上ユリアを傷つけることがないように距離を置くのが思いやりというものではないか？

彼に女性として愛されることは、夢見ることすら虚しく思えるほどの儚《はかな》い願いだった。

なのに今、同じ言葉がユリアにもたらすのは、なにか大事なものが食い違っているような名状しがたい気持ちの悪さだけだ。

かたん、と背後でなにかを置いたらしい音がする。

「さ、終わったよ。上がろうか」

ベルンハルトに促されてユリアが浴槽から出ると、柔らかな布地が押し当てられて全身の水分を拭われる。それが終わると、彼は義妹の身体を軽々と抱き上げ、寝室に運んだ。

入浴している間に使用人がシーツを洗濯したものに交換したらしい。湯で洗い流したばかりの肌に清潔なリネンが心地よい。

寝台に横たえられたユリアがその感触を楽しんでいると、すぐにベルンハルトの唇が降りてきた。

「……んっ」

唇同士が触れ合うと、すぐに舌が差し出されて、中に入れるよう突《つつ》いてくる。ユリアも拒むことはせず素直に受け入れ、むしろ積極的にベルンハルトの舌に己のそれを絡めていく。

互いの唾液を混ぜ合わせるような口づけはとても甘美だ。情欲を疼《うず》かせ、冷静な思考など簡単に奪い去ってくれる。欲に流され、快楽に溺れたほうが心は楽だ。ユリアはすでにそれを学習していた。

何度もキスを繰り返し、焦れたユリアが腰を揺らめかせはじめると、ベルンハルトはようやくほかの部位にも手を伸ばす。向かう先は胸の中央で硬くしこっている頂きだ。

「は……ぁ……んん……っ」

きゅっとつままれると肩がぴくぴくと反応し、合わせて小ぶりな乳房がふるるっと揺れる。

仰向けになった体勢では貧相にすら思える膨らみだが、ベルンハルトは特に気にした様子もなく、いつも愛おしそうに揉みしだき、執拗《しつよう》に口づけてくる。ときどき歯を立てられることもあった。絶対に出血させることがないよう、慎重に力加減はされていたが。

ピンと張り詰めた突起を指でくりくりといじられながら、もう一方を吸われ、舌で転がされると、脚の間がじんじんしてたまらなくなってくる。

「ふ……ぁぅ……おにいさま……もう……」

吐息を熱くしてユリアがねだると、ベルンハルトは瞳を桃色に輝かせ、嬉しそうに笑う。

「もう我慢できなくなったの？　可愛いね」

貪欲に求めてしまう浅ましさを指摘されても、彼が喜んでいるのが分かるから、恥じらいは捨てた。自分でも呆れるくらいにこの身は義兄に従順にできている。

「脚を広げて見せてごらん」

ユリアは自ら膝を立てて脚を開いて見せる。こんな指示にも躊躇《ちゅうちょ》なく応じるようになってしまった。夜ごと明け方まで繰り広げられる淫らな密事のたまものである。

それでもさすがに、義兄の麗《うるわ》しい顔が秘部に近づき、まじまじとそこを観察されるときには、羞恥で肌の温度が上がってしまう。

「ふふ、もうこんなに濡らして。ずいぶんと感じやすくなったものだね」

柔らかく熱い舌が秘すべきその部位を這い回り、溢れた蜜を丹念に舐め取る。その動きがまたじわじわともどかしい刺激をもたらして、ユリアは身をよじらせた。

「……はっ……あぁん……」

己のそこがひくひくともの欲しげにうごめいているのが分かる。一番気持ちのいいところに早く触れてほしくてユリアは腰を動かすが、ベルンハルトは巧みにそこを避け、周縁から少しずつ確実に舌で蜜を拭い取っていく。

少し前の自分がこの状態を目撃したら、あまりの放埒《ほうらつ》ぶりに卒倒しかねないだろう。敬愛する義兄にあんな場所を舐めさせてよがるなど正気の沙汰ではない。

だがユリアの感覚はすでに麻痺していた。唾液という媚薬を毎晩与えられ、長々とした責め苦にさらされれば、それは当然の帰結だろう。ベルンハルトの唾液を口にすると恐ろしいくらいにお腹の奥が疼《うず》いてどうしようもなくなってしまうのだ。

「……っ、あっ……やあ……っ！」

ようやく彼の舌がその小さな芽にたどり着いて、ユリアは歓喜に震える。そこはとても敏感で、まとわりついた蜜をくるくると取り除かれるだけで、稲妻のような快感が背すじを駆け上がる。

唇で食《は》まれて舌でころころと転がされればもはや為すすべもない。

「ひゃん、あぁっ！　あぁぁ……っ！」

甘えるような声を上げてシーツを掴み、身悶《みもだ》えする。つま先が寝台の上をかき、ベルンハルトの身体に当たった。その感触にはっとして目を向ければ、彼は依然としてきっちりと衣服を着込んでいる。

それは今夜に限ったことではなく、この行為に及ぶときは一方的にユリアばかりが脱がされることが常だった。これまでは気にとめる余裕もなかったのだが、徐々に慣れが出てきたせいだろうか、自分だけが裸にさせられているという状況をあらためて認識すると、冷水を浴びせられたような気持ちになった。

ずるり、とわずかに腰を引かせると、ベルンハルトが不思議そうに顔を上げる。

「ユリア？」

「お義兄《にい》様も……脱いで。私ばかり肌をさらしてずるいわ」

「それは」

どうやら彼はものすごく気が進まないらしく、どうにか言いくるめる方法を探していることがその表情から伝わった。

――でも、そうはさせないわ。

ユリアは先手をとって素早く身を起こすと、自身の体重を利用して、大人二人は余裕で寝転がれる広さの寝台にベルンハルトを押し倒した。

いつも素直で大人しい義妹がこんな行動に出るとは思ってもみなかったのだろう。彼は唖然《あぜん》として目を丸くしていた。その隙に下半身を覆う布地を一気に引き下ろした。

途端に、ぶるん、と棒のようなものが起き上がる。太くて長いそれは表面に血管を浮き上がらせていて、どうやら男性の身体の一部らしい。いつもこの行為の最中、彼の腰のあたりにあった硬いものの正体だ。

その先端が透明な液体で濡れているのを目にして、ユリアはこれだと思った。

唇を寄せてぺろりと舐めると、頭上で息を詰めるような声なき声が発せられる。それと同時に、唾液を含んだとき以上の甘い恍惚《こうこつ》がユリアの脳を痺れさせた。

「ユリア、やめなさいっ」

鋭い叱責を飛ばして、ベルンハルトが逃れようと動く気配がしたので、ユリアは思わずその肉棒をぎゅっと掴む。すると、義兄はぐっとうめいて静かになった。

ユリアはこれ幸いとそれに舌を這わせていく。そうすると、先のくぼみからさらに液体がにじみ出た。

どうやら己の推測は正しかったらしい。そう確信したユリアは半ば無意識に笑みを浮かべた。

「お義兄《にい》様の気持ちいいところはここなのね？　ここを刺激すれば私と同じように気持ちよくなれるのでしょう？」

ずっと気になっていたのだ。

ユリアの場合、異性の体液を摂取することで燃え上がるひどい渇望《かつぼう》は、快楽の頂点を極めれば即座に収まる。だが、同じように渇きを感じているであろうベルンハルトのそれが癒やされる瞬間を見たことがない。

毎夜の行為は、ユリアが力尽きることで終わる。ベルンハルトは飢えをいだいたまま。彼がそのあとどう発散しているのかは知るよしもない。

だが、つらそうにこらえる姿を目の当たりにし続けるのは忍びないものがあった。

一緒に気持ちよくなれるなら、そのほうがいいに決まっている。

――別にお義兄様《にいさま》が可哀想だと思っているわけじゃないわ。私はただ没頭していたいだけ。

ユリアは誰にともなく心の中で言い訳をする。

うっかり理性の欠片《かけら》を取り戻してしまったから、それを手放しておきたいだけなのだ。

苦悩を忘れて快楽に溺れていたい。ただそれだけだ。

自分にひどい仕打ちをする義兄のことなど、断じて心配してはいない。

手にしたそれの形を確かめるようにくびれのあたりを指でなぞると、はぁ、という熱いため息がベルンハルトの口からこぼれた。

絶対に逃がさないようにもう一方の手ではしっかりとその根本を握っている。そうされると彼は抗う意思を放棄するしかないらしく、この部位は男性にとってそれほどまでに重大な弱点なのだとユリアは理解した。しかも、女性の身体における快楽の芽と同様、とても敏感らしい。

自分に服従する義兄の姿に感動を覚えつつ、ユリアはとろとろとその皮膚を伝う液体をちゅっと吸う。ベルンハルトがぴくっと反応したが、かまいはしない。

その粘液には彼の精気が溶け込んでいて、それを口にすると猛烈に飢えが刺激された。もっともっとと欲深くなって、そのことしか考えられなくなってしまう。

だが、くぼみから下に垂れていた雫《しずく》をぺろぺろとたどっていくと、量の少ないそれはすぐになくなってしまった。

「お義兄《にい》様、もっと出して。もっと欲しいわ」

ユリアが上目遣いでお願いすると、ベルンハルトは片手で目元を覆い、「ああ、もう」と彼らしからぬ情けない声を出した。かと思ったら、突然上体を起こして、彼のものを握っているユリアの手に自身のそれを上から添える。

「もう少し強めに握っていい。それで扱《しご》いて。こう」

大きな手に誘導されてユリアの手のひらとベルンハルトの熱いそれがこすれ合う。

「っ、くっ、は……ッ」

ユリアが言われたとおりにすると、彼の手はすぐに離れて、代わりに熱い吐息が頭上から落ちてきた。見上げれば、眉をひそめてとてつもなく色っぽい顔をした義兄の欲望に滾《たぎ》った瞳と出会う。

じゅん、と己の秘部に愛液が溢れたのが分かった。それに気づいたのか、単にこらえきれなくなったのか、ベルンハルトが性急な動きでユリアの腰を引き寄せた。

「きゃっ……!?」

彼の吐き出した息が脚の付け根に触れて、ユリアは期待と羞恥にじわりと頬を熱くする。望んでいた刺激はすぐに与えられた。

「やっ、あ……っ、んんっ……!」

じゅるるっと音をたてて、陰部をしとどに濡らしていた蜜をすすられる。彼は秘所を全体的に舐め回しながらも、ユリアの官能を押し上げることも忘れなかった。長い指が小さな突起を緩急をつけて弾《はじ》く。そうされると、腰が勝手にびくんっと跳ねて、媚びるような声が止まらなかった。

再びもたらされた激しい快感に圧倒されていると、挑発的な含み笑いが聞こえる。

「ユリア、手が止まっているよ。僕を気持ちよくしてくれるんじゃなかったの？」

「んっ……する、わ。もちろん……っ」

ユリアの目の前には、依然として雄々しい一物がある。二人は頭と脚を反対にして重なっているような体勢だ。互いを愛撫し、分泌させた体液を効率よく摂取できる、本能に忠実な獣のような姿。

それでいい。それがいい。そうでないと、苦しい感情がよみがえってしまいそうだから。

ユリアが手を止めて喘《あえ》いでいる間にも、手の中の肉棒は新たな粘液を滴《したた》らせていた。それを味わうように舌ですくい取りながら、先ほど教えられたように扱《しご》く。

「くっ……」といううめき声とともに、身体の下にある逞《たくま》しい腹筋に力がこもった。制止がかかる様子はないので、おそらく気持ちいいのだろう。

ユリアはもっと彼の性感を探るべくいろんな触れ方を試していった。

卑猥な水音と湿った吐息、そしてこらえきれず漏れる声だけが部屋を満たしていた。

ベルンハルトのそれは、感じるほどに張り詰めて血管をみなぎらせるようだ。それを煽《あお》り立てるようにとりわけ敏感なところを指や舌でぐりぐりと攻めると、ひときわ硬度を増す。

だが、ユリアの秘部に顔を埋めた彼の手際も巧みなもので、ともすればよがるばかりにさせられそうになるから必死だった。

自分の予想が正しければ、この先に、ベルンハルトにも快楽の極みと言える境地があるはずなのだ。そこに到達させたい。一緒にたどり着きたい。

官能がいよいよ高まってくると、花芽を弾《はじ》かれるたびに身体が震えて、屹立《きつりつ》が口から離れてしまう。それでも両手を使って幹の部分を擦りながら、裏側の筋のようになっているところを指先でなぞれば、ベルンハルトの舌の動きが止まり、喘《あえ》ぐような荒い呼吸が聞こえる。だから、彼も限界が近いのだと分かった。

ユリアはさらなる快感を送り込もうと、丸い先端を思い切って口の中に咥《くわ》え込んだ。みっしりとした質量のあるそれに唾液をまぶし、上顎と舌で挟んで頭を上下に動かす。

途端、ベルンハルトの身体がびくんと大きな反応を示し、「ッ……ユリア！」と叱責のような切羽詰まった声で名前を呼ばれた。

握っていた肉棒が手の中で収縮するように動き、口内になにかがびゅるるるっと勢いよく撒《ま》き散らされる。喉に絡むほどの粘度があるそれをユリアはごくりと飲み干した。直後、頭がぼうっとする麻薬じみた陶酔がたちまちユリアを押し包む。秘所が灼熱を帯びたように疼《うず》いてたまらなかった。

「ユリア、すまない！　大丈夫だった、か——？」

焦った様子でユリアの下から出てきたベルンハルトは、先ほどまでの高揚が嘘のように消え去った声で謝罪する。だから、男性の場合はあの大量の液体を吐き出すことが絶頂にあたるのだとユリアは理解した。

だが今は、そんなことはどうでもいい――

ユリアはすぐさま身を起こし、シーツの上に腰を下ろして義兄に見せつけるように脚を開くと、恥も外聞もなく懇願した。

「お義兄様《にいさま》、早くここ、舐めてぇ……っ、奥、疼《うず》いて、我慢できないの……っ」

ベルンハルトが出した粘液の催淫作用はこれまで飲んだ体液の中で一番強いものだった。それでなくても頂点にたどり着く前に寸止めをくらった状態のユリアはたまったものではない。体内をあぶるようなひどい渇きはあまりにも耐えがたく、目に涙さえにじむほどだった。

そんな状況をひと目で把握したらしいベルンハルトはすぐに求めるものを与えてくれた。はしたなく腿《もも》や尻に垂れていく蜜を無視して、焦らすことなく、核心とも言うべき突起に触れる。じゅるじゅると音をたてて愛液を嚥下《えんげ》しながら舌と指を使い、感じやすい場所を感じやすいやり方で的確に刺激してくる。

ユリアが絶頂を迎えるまで、さしたる時間はかからなかった。

だがそれで終わりになるはずもない。

そのときにはすでに、義妹の蜜を大量に飲んだベルンハルトのほうが興奮を抑えきれぬ状態になっていたからだ。

そうやって交互に、ときには同時に快楽を極めるその淫蕩《いんとう》な行為は、ユリアの体力に限界が訪れるまで、延々と続けられたのだった。


ユリアの意識がふっと浮上したのは、真夜中のことだった。

窓の外は闇の色に塗りつぶされていて、空が白みはじめるのはもう少し先のようだった。昨日まではならまだベルンハルトに喘《あえ》がされ、シーツの上で身をよじらせているような時間帯である。だが、今夜はユリアも積極的に動いた分、消耗が激しく、いつもよりも早く寝付いていた。

上掛けの中でもぞりと動くと、自分ではない温かな身体に触れる。

ベルンハルトが同じ寝台で就寝しているという事実に、ユリアは少なからず驚いた。

この部屋に閉じ込められるようになってからは、毎夜激しい行為の果てにいつの間にか寝入っていて、翌朝目覚めるときは一人だったから、まさか彼が一緒に眠っているとは考えもしていなかった。

ユリアがそっと近くに身を寄せると、不意に力強い腕が伸びてきてその胸元に引き寄せられる。

起こしてしまったかと焦ったが、その呼吸は乱れることなく一定のリズムを刻みつづけていたので、ユリアは安堵した。

そしてすぐに空虚な思いに沈む。

こんなふうに、まるで夫婦のごとく同じ寝台で眠ったところで、それに一体なんの意味があるだろう。

夜ごと繰り返される熱いまぐわいのさなか、ユリアは一度義兄に尋ねた。この行為はなんなのかと。

『夫婦が愛を確かめ合う行為だよ』

彼はそう答えた。

あれが愛を表現するものだなんて、あまりにも嘘くさくて笑ってしまう。

あんなのはただ互いの欲を満たし合うだけの動物的な行為でしかない。愛なんてものがどこに宿っているというのだ。

ユリアがようやく口にした愛の言葉を歪め、傷つけ、こんなところに閉じ込めた彼のそれが愛などであるはずがない。それは執着と呼ぶべきものだ。

そしてユリアのこの気持ちも、愛などではない。これはただの依存だ。

愛は、相手のためにあるものだと思う。こんなふうに、利己心をなすりつけ合うような醜《みにく》いものではなく、もっと美しくて穢《けが》れなきもの。

そう思考する心持ちはこのうえなく淡々としたものだったのに、ひとりでに涙が目尻から伝ってユリアは呆然とした。

なぜ――――?

室内はとても暗くて、それは単に夜だからというだけではなく、新月が近いことを示していた。

視線が、闇の中にかすかに見えるベルンハルトの首筋に吸い寄せられる。

この数日の間、心の中にぼんやりとあった疑問が、明確な形をなして頭をもたげる。

彼は、あの満月の日、フランツィスカから吸血したのだろうか。

あの夜は明け方までユリアといた。そのあと眠るユリアを別邸に移し、両親に事情を説明して、昼間には仕事をこなし、夕方には別邸に戻ってきていた。

――宴の夜に吸血したばかりだから、予定を変更しただけかもしれないわ。

それでもフランツィスカに血を与える必要はあるはずだ。

昼は政務、夜はユリアの相手と、睡眠時間さえ満足にとれているか怪しい状態なのに、婚約者に会いに行く暇などあったのだろうか。

もうすぐ新月だ。

この際、フランツィスカのことはどうでもいい。気にかかるのはベルンハルトのことだ。

きっとその日には、きちんと血をもらいに行くはず。ちゃんと吸血してくれるはず。

自分を襲ったヴァンパイアの異様な様子を思い出して、ユリアはぎゅっと目をつぶった。

血を飲まなければ、いずれ禁断症状を引き起こす。義兄にそうなってほしくはなかった。

†

朝、眠るユリアを別邸に残して、ベルンハルトがクニューベルの本邸に戻ると、家令が真っ先にやってきて客が訪れていることを知らせた。

応接間でお待ちいただいております、という報告に頷きを返し、ベルンハルトはそちらに向かう。

扉を開けた直後、客人が長椅子から勢いよく立ち上がった。フランツィスカである。日頃上品な笑みを絶やさぬ整った顔が、今はめずらしく険を帯びていた。

「なぜ昨夜来なかったの？」

挨拶を交わす暇《いとま》すら与えず、詰問《きつもん》するような声が飛ぶ。

昨夜――というのは、新月の夜である。

ベルンハルトはやれやれという気持ちで後ろ手に扉を閉めると、その場から動くことなく答えた。

「気が乗らなかったんだ」

「血を飲まなければ、衰弱して倒れてしまうわよ。最悪の場合、禁断症状に陥《おちい》って死に至るわ」

そんなことは百も承知だ。だが、本当に気が乗らなかったのだから仕方がない。ユリアの甘美な精気を味わったあとで、ほかの女の血を飲みたいとはどうしても思えなかったのだ。

ベルンハルトは彼女の顔をしげしげと眺めた。

「見たところ、あなたの体調は特に悪くはなさそうだな。家族から血をもらっているんだろう？なら、あなたにとって問題はないと思うが」

「婚約者がいるなら、普通はその相手から吸血するものよ！」

「普通、か」

揶揄《やゆ》するように復唱すると、フランツィスカの頬がカッと朱に染まった。

そもそもこの婚約関係は、ユリアの拒血症を治療する見返りとして成立したものだ。始まりからして普通とは言いがたい。

吸血についてはいくら訴えたところで無駄だと悟ったのだろう。彼女は焦りをにじませてベルンハルトに詰め寄った。

「結婚のことだって、あれから全然話を進めてくれないじゃない」

「今はそれどころじゃない。ユリアを一人にはできない」

不幸な災難に見舞われた彼女はヴァンパイアを恐れ、周囲はその猛毒の血に怯えているから——というのは完全なる建前であるが、こういうときは非常に都合がいい。

「使用人に任せておけばいいでしょう。親しそうな護衛の男だっていたじゃない」

ノエルのことを言っているのだろう。だが、客観的に見てもユリアと良好な仲だったなどという指摘は、ベルンハルトの神経を逆撫でするものでしかない。

冷ややかな眼差しをひたと向けると、フランツィスカは怯《ひる》んだように息を呑んだ。そして、か細い声で言い募る。

「……私を優先してほしいの。あなたの婚約者は、私でしょう?」

おずおずと足を踏み出し、すがるように手を差し伸ばす。それをベルンハルトは無感動に振り払った。

「そんな中身のない契約に、一体なんの意味がある?」

突き放すように言うと、フランツィスカの濃紺の瞳が傷ついたように見開かれる。それでも、ベルンハルトの心は全くと言っていいほど揺らがなかった。

「話がそれだけなら、失礼する」

「……っ」

呼び止める言葉が、背後からかかることはなかった。

ベルンハルトは応接間をあとにしながら、賢明なことだと思う。食い下がられたところで、ますます煩《わずら》わしい気持ちが増すばかりだ。

家令を呼んで「お引き取りいただいてくれ」と命じると、彼は表情にわずかな懸念をにじませた。コントラクトを結ぶ相手がわざわざ足を運んできたというのに、部屋から出てくるのが早すぎる。これではまるで追い返そうとしているようだ。そう言いたいのだろう。

それでもベルンハルトが「なにか問題があるか？」と問えば、「いえ……」と引き下がる。

屋敷の使用人たちはクニューベル家の者に忠実で、誠意をもって仕えてくれている。だからこそ、嫡男の不適切な行動にただ目をつぶったりはしないだろう。家令から両親になにかしらの進言がいくのも時間の問題だ。不審をいだかれれば、義妹を軟禁していることも遠からず露見する。

先のことを考えれば、フランツィスカに冷たく当たるのは得策ではない。

だが、愛しい義妹の肌に触れ、その精気を取り込むほどに、不思議と己の中でフランツィスカへの嫌悪感が強まっていくようなのだ。彼女とコントラクトを結ぶことを考えると、気分が暗澹《あんたん》とする。

ユリアの命を救うことと引き換えにしたその契約については、とっくに心の整理をつけたはずだった。愛する女性とコントラクトを交わすことができないのであれば、相手が誰であろうと大差はない。それがユリアの命の対価となるなら、むしろ自分はその婚約に殉《じゅん》じるべきだとさえ考えていた。

ヴァンパイアという種族は、同じ相手と吸血を繰り返すと、その相手への情を深めていく。一度の変化は微々たるものでも、何年も積み重ねることで大きな感情に成長する。

それは本能だ。

だからベルンハルトは、自身の中に育っていくであろうフランツィスカへの想いも甘受するつもりでいた。もちろんユリアが最愛であることは動かぬ確信があったが。

なのに、自分の中には依然としてフランツィスカへの愛情など微塵《みじん》も存在しない。

それどころか、今は嫌悪すら覚える始末だ。

彼女を前にするたびに、得体の知れない不快感が警告するように疼《うず》く。

昔はただ協力関係にある氏族の娘としか認識していなかった。同世代だから少し顔を合わせる機会が多い。つながりといえばその程度で、そこに好悪の感情など一切なかった。

なのに、この嫌悪感はいつから芽生えていたのだろうか。

そのときふと、宴の夜に目にした銀色の鎖と白い玉のことを思い出した。フランツィスカの手首に巻き付いていたそれ。そのとき覚えた既視感の正体はいまだ不明だ。

家令と別れ、執務に使用している部屋に向かいながら、ベルンハルトは重く息を吐く。

ユリアとコントラクトを結ぶことさえできたなら――不意に頭をよぎった不毛な願望は即刻否定した。それは昔散々絶望し、打ち捨てた願いだ。

たった一度のコントラクトを生き抜くことができれば、問題は解決する。ユリアを完全なヴァンパイアにして、長い人生をともに歩むことができる。

だが、ベルンハルトがそのたった一度を乗り越えられる望みは果てしなくゼロに近かった。

ユリアの血を飲んだ男が助かったのは、血のほとんどを吐き出したからだ。そしてフランツィスカの治療があったから。

コントラクトではそうはいかない。直接傷口からユリアの血を注ぎ込み、それを体内に取り込まねばならない。その毒性も含めて。フランツィスカの助力など期待できようはずもない。

厳然と立ちはだかる現実を思うと、頭がすっと冷える。

コントラクトが叶わぬのならば、それ以外の方法でつなぎとめるまでだ。

そのためになにが必要か。

ベルンハルトが考えるのは今も昔もただその一点だけだった。

第六章　森へ

満月の夜が再び巡ってきた。

この別邸に軟禁された日から、月齢がちょうど一周したことになる。

東の空に昇りはじめた真ん丸な月を寝室のバルコニーから見つけたユリアは、柵に寄りかかり、何気なく腕を伸ばした。当然ながらその手は空《くう》を切るばかりだ。

相変わらず、施錠された部屋の中で過ごす生活が続いていた。外に出してもらえそうな気配は微《み》塵《じん》もない。

「なにをしている」

振り返ると、知らぬ間に帰っていたらしいベルンハルトが、寝室と続きの居間とを結ぶ戸口のところに立っていた。つかつかと近づいてきた彼に腕を掴まれ、屋内に引き戻される。

「痛いわ。お義兄様《にいさま》」

乱暴な扱いに顔をしかめると、彼ははっとしたように手を放した。

「……ここは二階だ。こんなバルコニーから脱出を図ったところで怪我をするだけだ。すぐに警備の者に保護される。逃げようなんてことは考えるな」

ベルンハルトは日頃ユリアに向けることはあまりない有無を言わせぬ命令口調でそう言い、はあ、と息を吐いて前髪をかき上げた。疲労が溜まっているのだろうか。いつも落ち着き払っている彼にしてはめずらしい仕草だった。

「逃げようとしたわけじゃないわ。ただなんとなく手を伸ばしてみただけよ」

それは嘘偽りない事実だったが、あまり説得力はない。ベルンハルトは疑わしげな眼差しでじっとユリアを観察していたが、やがてもう一度ため息をついて、くるりと身体を反転させた。

そのまま居間にとって返そうとするので、ユリアは慌てて引き止める。

「待って」

ぴたりと足を止めたベルンハルトに追いつき、今度は自分からその手をとった。

——熱いわ。

正面からあらためてその顔を見上げると、かすかに気だるげな様子が窺《うかが》える。それはわずかと言えばわずかな変化だったが、ユリアは驚きを禁じえなかった。

義兄がこんなふうに弱っている姿を見るのは、クニューベル家に引き取られて以来、初めてのことだった。身体のどこかに不調があるのは間違いないが、一体どうして、という疑問が先に立つ。

ヴァンパイアは、精気を力の源とした強靭《きょうじん》な肉体を誇る種族だ。ユリアのような混血は別だが、純血のヴァンパイアがこんなふうに日常の中で熱を出すなどというのは、きわめて異例なことだった。それこそ、この十数年間ともに暮らしていて一度も目にしたことがないくらいには。

「仕事中になにかあったの？　どこか怪我をしていたりする？」

負傷しているのなら発熱があるのも頷ける。そう考えての質問だったが、ベルンハルトはほんの少しだけ眉を寄せたあと、「なにもない」と煩《わずら》わしそうに一蹴した。まるでユリアの詮索を拒むように。

それでピンときた。

「もしかして、血を飲んでいないんじゃないの？」

それはほとんど確信に近い問いだったが、ベルンハルトはそれにも「大丈夫だ」と素っ気なく返すだけだった。

掴まれていた手を振りほどき、再び歩を進めようとするその姿からは、適当にやりすごそうという意図が見え透いている。ユリアはついカッとなった。

「なにが大丈夫なの⁉　こんなに明らかに身体が弱っているのに！」

「……心配してくれるのか？」

こちらに向けられた瞳が意外そうに、そしてかすかに喜色をにじませるのを目にして、ユリアは声を詰まらせた。

ここしばらくのユリアは義兄への抵抗をすっかり諦めていて、その所業を非難することもなく、ただ従順に過ごしていた。

だがそれは、彼を許したということでは決してない。

こんなところに閉じ込められていることも、それ以前に彼がユリアやその周囲にしていたことも、理不尽に思う気持ちは消えていない。

なのに、別邸に移ってからのベルンハルトは、そんなこちらの心情など意にも介さず、まるで人形でも可愛がるかのように義妹の世話を焼いていた。

だから、やっぱりお義兄《にい》様は私の心なんていらないんだと納得していたのに……

どうやらそれは上辺だけのことだったらしい。義妹に心を閉ざされて、寂しさを感じていないわけではなかったのだ。

そんなふうに、血の通った感情を示されると、どうしていいか分からなくなる。

心配なんてしていない。するわけがない。自分は怒っているのだ。

だが、このままベルンハルトが倒れてしまったらと思うと、このまま見過ごすことはどうしてもできなかった。

「どうしてフランツィスカ様から血をもらわないの……」

こんなこと、本当は言いたくない。言わせないでほしい。

なのにベルンハルトはユリアの頬に手を触れさせると、緩く笑みを浮かべ、心底不思議そうに首を傾げた。

「あんな女はユリアの身代わりに過ぎない。ユリアから精気をもらえるのに、どうして彼女から血を飲む必要がある？」

その言いようにユリアは目眩《めまい》を覚えそうになった。義兄の思考はあまりにも理解の範疇《はんちゅう》を超えている。

唾液などの体液は、摂取できる精気が少なすぎて血液の代わりにはならない。それを説明したのはほかならぬベルンハルトだ。そして実際、彼の身体は不調をきたしている。

「お願いだから、現実から目を背けないで、お義兄様《にいさま》」

ユリアは胸の痛みをこらえながら、絞り出すように訴えた。

「お義兄様《にいさま》が精気を求めるべき相手は、フランツィスカ様なのよ。……コントラクトを結ぶのも。本当は、コントラクトがどれほど大切なものか、分かっているのでしょう？」

揃いの紋様を首に持つ両親は、いつだって仲睦《むつ》まじい姿を子供たちに見せていた。常に仕事に追われてはいたが、それでも充実して幸せそうなのは、互いの存在に支えられているからなのだろう。

コントラクトは、生涯で至上とも言える血の契約だ。その相手を見つけ、添い遂げることがヴァンパイアの最大の幸福であり、人生の目標だと言ってもいい。

純血のヴァンパイアであり、しかもいずれはその頂点に立つベルンハルトなら、ユリア以上に身に沁みて分かっているはずだ。

しかし、彼は変わらず微笑むだけだった。こちらの言葉が響いた様子はない。まるで壁を相手に話しているようだわ、とユリアは思った。

「どうしてユリアまでそんなことを言うのかな。コントラクトなんて結ばなくとも生きていける。そうだろう？」

それはそうだ。でなければユリアは生きていけないことになる。だがそんな発言が、ヴァンパイアの国の明日を担う者の口から出ていいはずがない。

「なにを考えているの……お義兄様《にいさま》……」

ユリアが震える声で尋ねたとき、居間のほうから「ベルンハルト様」と彼を呼ぶ声がした。

居間につながる扉は開いていたから、少し首を巡らせれば、こちらにやってきて頭を下げるお仕着せ姿の女性を視界に捉えることができた。

「取り込み中だ。あとにしろ」

すげなく返したベルンハルトに対して、使用人は戸惑いをにじませつつ言い募る。

「それが……お客様がいらしたのです」

「客？」

「本邸のほうで贔屓《ひいき》にされていらっしゃる薬の商人です。静養なさっているユリア様のために旦那様と奥様が安息効果のある茶葉をお手配になって、それをお持ちくださったとか……」

ベルンハルトは不本意そうにため息をついた。

「父上と母上の遣いなら、会わないわけにはいかないな。……ユリアはここで待っていなさい」

端的に命令し、使用人を伴って部屋を出ていく。次いでカチリという音が響き、扉にはしっかりと鍵がかけられた。

人の気配が廊下の向こうに遠ざかっていくと、ユリアはふらふらと椅子に歩み寄り、どさりと座面に崩れ落ちた。そして顔を覆う。

——どうしよう。お義兄《にい》様は本気でフランツィスカ様とコントラクトを結ばないつもりだわ。

それどころか、このまま誰とも婚姻せずに一生を終えることまで考えているかもしれない。

——そんなのダメ。きっと許されない。

いくらベルンハルトでも、六氏族の娘との婚約を一方的に破棄などすれば非難は免《まぬか》れないだろう。

なにより、民の模範となるべき次の長がコントラクトを蔑《ないがし》ろにするなど、国が荒れないわけがない。

いや仮に国が、フランツィスカが認めたとて、ユリアは認められなかった。

——だってお義兄《にい》様には、コントラクトをきちんと結んで、幸せになってほしいもの……！

自分にそれができないからこそ、義兄にはそんな選択をしてほしくなかった。

相手はフランツィスカでなくてもいい。彼を幸せにしてくれるなら誰でも。

大切だからこそ、苦しい道を選んでほしくないのだ。一番の幸せを掴んでほしいのだ。

——ああ、やっぱり私……お義兄《にい》様のことを……

ユリアは目元ににじんだ涙をぐいと拭い、立ち上がった。そして先ほど佇《たたず》んでいたバルコニーに目を向ける。

自分がいる限りベルンハルトがほかの者から血を飲まないというのなら、やはり離れなければならない。そのためにはまずここから出ることだ。この別邸から脱出できるとしたら、出口はバルコニーしかないだろう。

問題は方法だ。

自分の身体能力でそのまま飛び下りては、義兄の言ったとおり怪我をするだけで終わる。そうは言っても、伝って下りられるような樹木など、もちろんそばには生えていない。

室内にあるカーテンやシーツを結び合わせて、それを地面まで垂らして下りるのはどうだろうか？　強度や自分の筋力に不安がある。それに、ベルンハルトが戻ってくるまでに全てを終えられるかどうか。

どうしたらいいの……とユリアが頭を抱えていたとき、まさにそのバルコニーに通じる窓が、コンコン、とまるで外側からノックされているかのような音を響かせた。

驚いて視線を上げたユリアは、そこで目を見開く。

ガラスの向こうに立っていたのは、およそ一ヶ月ぶりに顔を合わせる元護衛の青年だった。

「ノエル⁉　どうしてここに？」

慌てて窓を開くと、ノエルは素早い動きでユリアの手首を掴み、ぐっと引く。室内用の簡素な靴を履いた足が、促されるままに一歩、二歩とバルコニーに踏み出した。夜になって風が出てきたのか、カーテンがばさりと音をたて、室内に大きくなびく。

ノエルはユリアの両肩を掴むと、このうえなく真剣な眼差しで端的に問うた。

「ユリア様。時間がありません。今決めてください。ここから出たいですか？」

あまりにも急な話にユリアは混乱した。

「出るって……一体どうやって？　ここは高さがあるし、屋敷の周りには警備がいるわ」

しどろもどろになりつつ尋ねると、ユリアを落ち着かせるためかゆっくりとした口調でノエルが答える。

「私ならあなたを抱えても、ここから安全に飛び下りることができます。私に翼はありませんが、空を己の領域とする翼人の血を引いているので、そのくらいは容易《たやす》いことです。邪魔になる警備はここに来る前に倒しておきました」

どうやらこのバルコニーにもその身一つで跳び上がってきたらしい。その凄まじい身体能力にユリアは唖然《あぜん》とする。

「逃走の手段はフランツィスカ様が用意してくださいました」

「フランツィスカ様が……？」

「ベルンハルト様とのコントラクトを望む彼女にとっては、利害の一致、ということでしょうね。私も護衛の任を解かれてから、どこかに移動させられたらしいユリア様をなんとかお助けする方法を考えていました。なので協力を申し出ていただけて助かりました。ユリア様にはこのまま私と一緒に商人の馬車で極北の森を抜け、南の国に向かっていただくことになります」

商人、というのはちょうど今義兄が応対しているはずの者のことだろうか。どうやら薬の商人がクニューベル夫妻の遣いだと言って別邸を訪れたのも、ベルンハルトに隙を作らせるための策略だったらしい。

どうしますか……？　とあらためて視線で問われ、ユリアが迷った時間はわずかだった。

「行くわ」

たぶん、これは最後の機会だ。今を逃せばきっと自分はベルンハルトから逃れられない。そして彼はコントラクトと吸血を拒絶しつづける。

愛する義兄の幸福な未来を守りたい一心で、ユリアは元護衛の手をとった。

ノエルは頷きだけで応じると、すぐさまバルコニーの真下を確認し、跳躍の姿勢を作る。

「しっかり捕まっててくださいね！」

思った以上に逞《たくま》しい腕がユリアの身体を抱き上げた。ノエルはその状態で軽々と柵に跳び乗り、
そして、宙空に身を躍らせる。

胃の腑が持ち上がるような落下の感覚は一瞬で終わった。ノエルは全身をばねのように使い、危なげなく土の上に着地すると、速やかにユリアを下ろした。

「行きましょう。屋敷の裏手でフランツィスカ様がお待ちです」

「え、ええ……」

彼に手を引かれ、満月の夜の中を駆ける。

通りすがりに見回すと、物陰の見えにくい場所に倒れ伏している警備の姿がところどころにあった。

「殺してはいませんので、ご安心ください。時間稼ぎのために遠目では見えない場所に移動しても

らっていますが、いずれ見つかるか、自力で目を覚ますでしょう」

呆然とした視線を向けるユリアに、ノエルはさらりとそう説明した。

ここまでしなければこの別邸から逃れることはできないということだ。

今までベルンハルトに守られてぬくぬくと生きてきたユリアは、自分が未知の危険な領域に足を踏み出そうとしているのを感じていた。

怖い。それでも進まなければならない。

それが義兄のためになるのだと信じていた。

屋敷の裏手にある小さな門のそばでフランツィスカが待っていた。すぐ近くには二頭立ての荷馬車も停められていたが、御者の姿はない。

ノエルに先導されてユリアが到着すると、彼女はホッとした様子で駆け寄ってきた。

「ああ、ユリアさん、無事に出てこられてよかったわ」

「フランツィスカ様、これは一体……？」

「驚くのも無理はないわね。私もびっくりしたのよ。突然ベルンハルトに吸血を断られるようになってしまって……」

少し落ち込んだ声音でフランツィスカは告げる。

自分と義兄が別邸でどのように過ごしていたかを思い返し、ユリアは彼女に対していたたまれない気持ちになった。夫婦で愛を確かめ合う行為というのは、本来彼女とすべきものであったはずだ。

「ベルンハルトはなにを考えているのかしら。血を飲まなければどうなるか、知らないはずはないのに。ユリアさんは囚われている可能性が高いとノエルに聞いたときもまさかと思ったわ。ただ静養しているだけではなかったの？」

わけが分からないと彼女は頭を振ったが、ユリアの手をとるとにっこりと微笑んだ。

「でも安心して。このあと私はベルンハルトに会いに行くわ。そこでなんとしてでも血を飲ませる。ユリアさんはその間に街を出て、ベルンハルトからしばらく離れたほうがいいわ。ほら、クニューベル邸にも出入りしている薬の商人と、ウィスカー家も懇意にしていると話したのを覚えている？人間の国に向かう彼とここで落ち合うことになっているから、ノエルと一緒についていけばいいわ」

フランツィスカの濃紺の瞳からは強い意思が読み取れて、彼女もベルンハルトのことを心底案じているのだとユリアは思った。

おずおずと手を握り返し、頭を下げる。

「お義兄様《にい》を、どうかよろしくお願いします……っ」

「ええ、任せて」

別邸を訪問していた商人が茶葉の引き渡しを済ませて三人の前に姿を現すと、一同は速やかに出立に向けて動きだした。

ユリアは荷馬車に視線を向ける。

南の国とエスカー国との行き来には湖を渡る船を使うのが一般的で、湖を迂回し、魔獣が棲《す》む極北の森を抜ける危険な経路をとる者は皆無と言っていい。だが、港の管理はクニューベル家の管轄だ。その家の娘であるユリアが関係者に見咎《みとが》められず船に乗ることは難しい。だからフランツィスカは陸路を選択したのだろう。

幸い、別邸から森の入り口はすぐだし、ノエルという護衛がいるので魔獣の襲撃も恐れるほどのものではない。

馬車の荷台には、エスカー国から人間の国に持っていくと思われる商品と道中に必要となるだろう食料などが積み込まれていたが、二人の男女が座るスペースは十分に確保できそうだった。

私はどこに乗ればいいかしら――背後でどさりと人が倒れるような物音がしたのは、ユリアがそう尋ねようとしたときだった。

「え……？」

おそるおそる振り返ると、地面の上に横たわるノエルと、そのそばに佇《たたず》む商人の姿があった。ノエルは意識を失っているように見える。

思わず上げようとした悲鳴は、背後から伸びてきたすんなりとした手が持つ手巾《ハンカチ》の中に吸い込まれた。

鼻と口とを塞ぐように押し付けられた手巾《ハンカチ》には、なにかの薬品を染み込ませてあるようだ。はっ、と呼吸した拍子に強烈な刺激臭を感じ取り、得体の知れない気体で肺の中がまたたく間に満たされていく。

ユリアの意識は、そこでぷっつりと途絶えたのだった。

†

ベルンハルトがユリアの失踪に気づいたのは、別邸を訪れた商人の応対を済ませ、もといた部屋に戻ってきたときのことだった。そこに先ほどまでいた彼女の姿はなく、大きく開かれた寝室の窓から風が吹き込み、カーテンをはためかせていた。

――飛び下りたのか⁉

焦燥に駆られるままバルコニーに飛び出して地面を見下ろし、目が届く範囲をくまなく探すが、長い黒髪を持つ小柄な女性の人影はどこにも見当たらない。そのうえ、周囲に配置していた警備たちの姿も消えていて、突如胸に湧き起こった懸念は、なにか不測の事態が起きたのだという確信に変わった。

ベルンハルトは直ちに室内に戻り、そのまま廊下に出た。荒っぽく扉を開けると、ちょうど目の前を通りかかった女性の使用人が、驚いて跳び上がったあと慌てて頭を下げる。

「屋敷中の者を集めてユリアを捜せ」

「は……？」

「ユリアがいなくなった」

ことの重大さを認識した彼女は衝撃を受けたように顔色を白くし、即座に「か、かしこまりました！」と叫んで廊下を走っていった。

その後ろ姿を見送ることなく、ベルンハルトは足早に玄関に向かいながら思考を巡らせる。

軟禁していた部屋は、窓が開いていた以外に特に変わったところはなかった。ユリアが怪我することなく自力で脱出するには、縄のようなものを使うなどなにかしらの仕掛けが必要なはずだった。どうにか外に出られたとしても、警備の目をかいくぐるのは難しい。泣き落としによる説得が通じそうな者は、はなから別邸に連れてくる人選からは外している。

となれば、第三者の介入があったと考えてまず間違いないだろう。

候補として真っ先に浮かぶのは、ユリアの元護衛だ。彼女と必要以上に親しくし、ベルンハルトを敵視していたあの男。だが、実際に彼の助力があったとして、これほどの短時間で二階の部屋から一人の女性を痕跡も残さず連れ出すことが可能なのだろうか。

そこでノエルが受け継ぐもう一つの血筋を思い出す。

「あの程度の高さは障害にならないということか……？」

唖然《あぜん》と呟いたあとで、すぐに頭を切り替える。今憂慮すべきはそこではない。

ユリアをさらったのがノエルだとしたら、ほかに協力者がいるはずだった。エスカー国に人脈のない彼が、存在すら知らなかったであろうクニューベル家の別邸に独力でたどり着くことは不可能だ。

ノエルはともかく、協力者の目的が問題だった。本人と懇意な間柄でもない限り、危険を冒してまで屋敷に忍び込み、令嬢を連れ去ろうとする動機が善意によるものであるわけがない。ノエルが関わっているのならば、ユリアがすぐさま危機的状況に陥《おちい》る可能性は低いが、安穏としていられる時間的猶予はない。

つかつかとホールを横切ったベルンハルトは、別邸の正面に設《しつら》えられた重厚な扉を押し開く。そこで、ここにいるべきでない人物と出会った。

「こんばんは。ベルンハルト」

徐々に昇りつつある満月の下、状況にそぐわぬ優雅な笑みをたたえ、フランツィスカが佇《たたず》んでいた。

「またあなたか。何度来たところで、あなたから吸血するつもりはもうない」

この緊迫したときに彼女の相手をしている暇などない。

ベルンハルトは取り付く島もなく追い払おうとしたが、フランツィスカはそんな拒絶などどこ吹く風で、おもむろに懐《ふところ》からナイフを取り出す。そして、自身の指を切りつけた。

途端、鮮やかな紅《くれない》の血が流れ出す。

本能を刺激する甘い香りに、ベルンハルトは一瞬くらりと目眩《めまい》を覚える。一ヶ月吸血を断っている身は想像以上に飢えていた。それをフランツィスカは口角を上げて楽しげに見つめる。

「ねえ、ベルンハルト。血が欲しいでしょう？　今夜はちょうど満月だわ。コントラクトを結びましょう」

己の絶対的優位を確信しているかのようなその口調。

そういうことか、とベルンハルトは胸のうちで苦りつつようやく悟る。

「ユリアがいなくなったのはあなたの仕業か」

「ここから出たがっていたから手を貸してあげただけよ。あの子を取り戻したいのでしょう？　コントラクトを結んだら、居場所を教えてあげるわ。あの子のためなら容易《たやす》いわよね？」

もとよりユリアの命と引き換えに婚約を結んでいたくらいだ。あらためてそれを差し出すくらい、ベルンハルトにはわけもない。

だが――ほかの女とコントラクトなど交わせば、ユリアはますます心を閉ざすだろうな。

それを寂しいと感じる己の思考に苦笑する。散々彼女の自由を奪っておいて、なにを今さら。

もしかしたら、誰ともコントラクトを結ばず、ユリアと生きる道もあるのかもしれない。

それはここ数日ベルンハルトの心に取り憑いていた夢想だった。本邸や宮殿と別邸とを行き来する傍ら、そのための方法を思案していた。だから寂寥《せきりょう》感などいだいてしまうのだ。

しかしベルンハルトにとっては、ユリアがどこにいるのか、無事でいるのかさえ分からぬ現状のほうが脅威だった。

フランツィスカとの婚姻が成立すれば、ユリアは今度こそ自分のもとから去っていこうとするかもしれない。そうなったら、もっと確実な方法で閉じ込めるほかないだろう。できればひどいことはしたくなかったが、逃げようとするならば仕方がない。はなから優先順位は決まっている。

「分かった」

迷う余地もなく結論づけて、彼女に向かって一歩踏み出そうとした、そのときだ。魅惑的な芳香が、ベルンハルトの鼻腔《びこう》をくすぐった。目の前で滴《したた》る液体が放つものではない。覚えのあるそれは、まさしくユリアの血液の香りだった。

——これほど強く香ってくるということは、かなり出血している。

フランツィスカもあたりに漂う別の血の匂いに気づいたらしいが、それが宴の夜にも嗅いだユリアのものだとまでは分からない様子だった。

ベルンハルトは激しく舌打ちする。

「ぬかったな——フランツィスカ、僕があなたとコントラクトを結ぶことは決してない！」

言い捨て、匂いがやってくる方向に全力で駆け出そうとする。しかし、遅れて状況を理解したのだろうフランツィスカの細腕が、背後から胴に巻き付いてきてそれを阻んだ。

「コントラクトを結ばなければ、次の長とは認められないわよ！」

なりふりかまっていられなくなったらしい彼女が必死の形相で食い下がろうとする。それをベルンハルトは嘲笑った。

「僕がそんなことにこだわると思ったのか？　長の地位など、ほかに相応しい者がいればくれてやる！　僕が黙って後継者の座に収まっていたのは、エスカーが最も安全にユリアを縛り付けられる檻《おり》だったからに過ぎない！」

それはやや誇張した表現だった。エスカーはクニューベルの先祖が代々守ってきた国だ。愛着くらいはある。それでもユリアとは比較するまでもない。

「選択肢を奪ってユリアさんを縛り付けるようなことをして、本当の心が手に入ると思っているの!? あの子があなたを慕っているのはただのすり込みだわ！」

「それがどうした。全て承知のうえでしたことだ」

あのか弱い義妹をこの手で守り慈しむことこそ、己の使命なのだと考えて生きてきた。

ユリアがこの身に流れる血を飲み、苦しみ悶《もだ》えて昏倒したときの、崩れ落ちるような絶望感は忘れられない。その命の灯火が消えようとしたとき、初めてその者は自分が保護してやらねばならない大切な存在なのだと気がついた。

ユリアはベルンハルトの用意した鳥かごの中で誰にも傷つけられることなく一生を過ごすのだ。そうでなくてはならない。そのためなら、彼女から向けられる愛情だって利用する。

ベルンハルトは躊躇《ちゅうちょ》なくフランツィスカの腹を蹴り捨て、走りだした。

一応手加減はしてやった。だから無事だろうと決めつけ、振り返ることはしない。そんなわずかな時間も惜しかった。

香りは裏門を抜けた先にある極北の森の奥から流れてきているようだった。ユリアが国外に連れ出されようとしていることを察し、己の元婚約者を内心で罵《ののし》った。

別邸の敷地を出ると、道は満足に整地すらされていない荒れたものに変わっていく。それでも足にいっそうの力を込めて速力を落とさず木々の間に突入する。

森の中は、己の足音と呼吸音のほかは生物の気配が全く感じられないほどに静まり返っていた。

薄暗い悪路をしばらく疾走していると、背後から自分以外の足音が迫っていることに気がつく。ちらりと振り返った先にいたのは、こちらに追いすがるようにひた走る金髪の青年――ノエルだ。

彼は徐々にこちらとの距離を詰め、やがて隣に並ぶ。

「なぜお前がここにいる」

互いに前方を見据《みす》えたままベルンハルトは尋ねた。

ノエルがユリアの失踪に関わっているのなら、今頃は彼女と行動をともにしているはずだろう。そんな推理からの問いかけに、返ってきたのは謝罪だった。

「――申し訳ありません。フランツィスカ様に利用されたようです。私がユリア様を部屋から連れ出して、そのまま商人の馬車で森を抜け、一緒に南の国へ赴《おもむ》くはずだったのですが……私は薬で眠らされ、その間にユリア様は商人と馬車とともに消えておりました」

そこでユリアの血の匂いに気づき、ここまでやってきたという。

ベルンハルトはまた舌打ちした。血を飲んでいないせいで息が上がってなどいなければ、盛大にため息をついてやりたいほどのていたらくだった。ノエルがついてさえいれば、まだユリアの安全は確保されたものを。

「おそらくフランツィスカ様はヴァンパイア用に調整した睡眠薬を使われたのだと思います。混血の私には効きめが薄かったらしく、すぐに目覚めたのが不幸中の幸いでした。わざわざ私を置いていったということは、ユリア様をなにか危険な目に遭わせるつもりなのだと思います。急ぎましょう」

「お前に言われるまでもない。ユリアにもしものことがあったら、覚悟しておくことだ」

「心得ております」

それきり二人は黙り込み、少しでも早くユリアのもとにたどり着くことに集中する。

森の中は鬱蒼《うっそう》として、かろうじて開けた道の部分だけが満月の光によって照らし出されていた。

それでも見通しは悪く、一体あとどれくらい進めばユリアを見つけられるのか見当もつかない。ただ次第に濃くなっていく香りだけが、徐々に近づいているという確かな実感をもたらしていた。

そしてその瞬間は唐突に訪れる。

木石ばかりが延々と続くかに思われた道の先に、突如別のなにかの影が現れたのだ。

目を凝らして見れば、それは荷馬車と、その手前で揉み合うユリアと商人、そして二頭の黒狼だった――

†

薬によって眠らされたユリアが気がついたのは、馬車の荷台の上でのことだった。車体はがたがたと揺れていて、身を起こすと、後ろに流れ行く木々の姿を捉えることができた。

森の中を進んでいる。

眠る直前の出来事を思い出したユリアは、はっとして荷台を見回すが、ノエルはいない。あるのはもともと載せられていた荷物だけだった。彼と引き離されたことを悟り、胸に急速に不安がこみ上げる。

御者台に目を向けると、薬の商人と思しき背中が見えた。

「私をどうするつもり？」

車輪の音に負けぬよう声を張り上げると、彼はこちらをちらりと一瞥《いちべつ》してすぐに視線を進行方向に戻した。そして独り言のように低く呟く。

「もう目覚めたのか。……瘴気《しょうき》の森の魔女の血を引いているのなら、毒のたぐいには耐性があっても不思議ではないな」

「どうして、私の血筋のことを……」

そこで以前、血の毒を消す薬はないのかとこの男に尋ねたことを思い出す。自分のことだとまでは口にしていないが、その血の持ち主がユリア自身であることはフランツィスカにでも尋ねれば確認できるだろう。毒の血と聞けば、当然思考は瘴気《しょうき》の森の魔女に行き着く。

いいえ、今はそんなことより――

「私を、どうするつもりなの？」

ユリアは最初の問いをもう一度繰り返した。

おそらく商人は当初の予定どおり、極北の森を通って湖を迂回し、南下するつもりなのだろう。船で湖を縦断すれば魔獣のすみかである森を通らずに済むが、クニューベル家の娘を誘拐し、ヴァンパイアたちの目をかいくぐってエスカー国の重要施設である港から船に乗せることなど不可能だ。

しかし、どうしてそんな危険を冒してまでユリアなどを連れ去ろうとするのだろうか。ノエルを置いてきたのも不可解だった。彼がいれば、森を抜ける間、魔獣から守ってもらうことができるのに。

ユリアが訝《いぶか》しんでいると、くくくっと抑えた笑い声が耳に届く。次いで聞こえたのは、これまでの実直な仕事ぶりからは想像もつかないような、人を小馬鹿にした口調だった。

「迂闊《うかつ》なお嬢さん。私が薬の商人だということを忘れていたのかな。魔女の秘薬のことは、お嬢さんも知っているだろう。薬を扱う商人ならば、一度は夢見る商品だ」

魔女の秘薬――その名を聞いて、ユリアは眉をひそめた。

実の両親が逃亡生活を余儀なくされ、自分がクニューベル家に引き取られることになった大元の原因だ。どんな病もたちどころに治してしまうというその秘薬は、半ば伝説的な存在になっている。だが、血眼《ちまなこ》になって探し求める者はいまだあとを絶たない。不治の病に冒された者であれば喉から手が出るほど欲しいだろうし、それが国の権力者であれば大金を積み上げ、残虐な手段を行使することも厭《いと》わないだろう。

人々の強い欲の対象となるものは、それだけ災いの種となる危険をはらんでいる。

どうやらこの商人も、その薬に魅入られてしまった一人のようだ。

「……残念だけど、私は秘薬を作る秘術なんて知らないわ。物心つく頃にはもう実の両親と離れてこの国で暮らしていたのよ」

ユリアは魔女の血を引いているだけで、特別な知識や技術はなに一つ教わっていない。秘薬に関する情報を引き出せると考えているなら、それは全くの見当違いというものだ。

だが、商人はそんなことなどはなから期待してはいなかったらしい。彼は軽く鼻を鳴らして一笑に付した。

「秘術についてはまたあらためて調べればいいことだ。薬にまつわる情報などいくらでも入ってくるからね。それよりも、大事なのは材料だよ。作り方が分かったところで、材料が手に入らなければ意味がない」

「材料……？」

「おやおや、お嬢さんは知らなかったのかな。魔女の秘薬は、魔女が持つ猛毒の血を原料にして作られるんだ。つまり――お嬢さんの血だよ」

ユリアはゾッとして言葉を失った。

つまり、自分は連れて行かれた先で血を抜かれるということか？　薬の材料にするために？

あまたの者が追い求める秘薬を作り出すのだから、少量で済むはずがないだろう。相手は人々の望む商品を売りさばくことで巨万の富を築く商人だ。

恐怖におののく娘を嘲るように、また笑い声が聞こえる。

「安心するんだ。秘術で血液をどのように使うかは、まだ分かっていないからね。もしかしたら鮮度が大事かもしれない。そのときが来るまではきちんと生かしておいてやるさ」

それのどこに安心できる要素があるというのだろう。そのときが来れば生きたまま血を抜かれるということではないか。

秘薬の原料を生み出す装置として囚人のように鎖につながれ、死ぬまで利用される未来を想像し、ユリアは青ざめた。

そのとき、こめかみにずきりと痛みが走る。

『お母さんと約束して。秘術の秘密は、絶対に守るのよ――』

深淵《しんえん》から浮かび上がってくるように、不意に頭の中で声が響いた。義母であるクニューベル夫人のものではない。

これは――実母《おかあさま》の声だわ。私はこれをいつ聞いたの？

突如よみがえった記憶に戸惑う一方で、その言葉には深く納得もする。

誰もが求める秘薬が魔女の血液から生み出されるものなら、その方法はなんとしても秘さねばならないだろう。もし秘密が漏れたら、魔女たちが危険にさらされてしまうからだ。ちょうど今、ユリアが危機に直面しているように。

実母は瘴気《しょうき》の森を出たが、その秘密は決して口外しなかった。

だから、娘との今生の別れに、せめてもの餞別《せんべつ》として自身が作った秘薬を渡したときにも、絶対に他言するなと言い含めたのだ。

そう、実母が作った秘薬。幼いユリアはそれを持っていた。なぜこんな大事なことを忘れていたのだろう。そして、その秘薬は今どこにあるのか。

目まぐるしく巡る思考にユリアは文字どおり目が回りそうになったが、静かに息を吐くと、しっかりするのよ、と己を奮い立たせた。

今は逃げることが先決だ。このままではエスカー国には一生帰れなくなる。そうなれば、二度とベルンハルトにも会えなくなってしまう。あの優しい声で名前を呼ばれ、微笑みかけてもらうことも、永遠に叶わなくなってしまうのだ。

想像だけで胸が張り裂けそうだった。離れることを選択したのは自分なのに。あれが最後の別れになるなんて、その可能性があることにすら気づいていなかった。

だって、ヴァンパイアの命は長い。

すぐにはエスカー国に戻れなくとも、いつか。ユリアに対する義兄の執着が薄れたら。彼が誰かとコントラクトを交わしたら。

たとえそれが何十年先でも、再会できる日は必ず訪れるはずだと無邪気に信じていたのだ。

混血のユリアがあとどれくらい生きられるのかは推測の域を出ないが、これまでの成長速度から言って人間と同じくらいの寿命はあるだろう。

生きてさえいれば、会いに行くことはいつだってできるはずだった。

なのに、さよならさえ言えずに別れたあの瞬間が最後だったなんて、どうして受け入れられるだろう。

じわり、とにじんだ涙で視界がぼやけそうになり、慌てて手の甲で拭う。それでも熱い雫《しずく》があとからあとからこぼれそうになって必死に呑み込もうとした。なのにちっとも収まってはくれない。それどころか胸の痛みは増していくばかりだ。

だからユリアは認めるほかなかった。自分は選択を間違ったのだと。

結局、ベルンハルトから離れることなど、どだい無理な話だったのだ。ただそばにいたいと、切なく心が求めるのだから。たとえこの感情が仕向けられたものだってかまわない。それでも彼を想うこの気持ちは揺るぎなく自分の中に存在している。

義兄のもとに戻ったら、これまでよりもさらに厳重に閉じ込められてしまうかもしれない。もう逃げることはかなわないかもしれない。

それでも、二度と会えないくらいなら、囚われたほうがましだ。

ユリアがいれば、ベルンハルトはまたコントラクトを拒むかもしれないが、それについてはまた時間をかけて説得すればいい。本当は先にそうすべきだったのだ。なのに、向き合うことを恐れてユリアは逃げ出してしまった。

——でも、きっと大丈夫。

ここから逃げることさえできれば、そうする時間はいくらでもある。

ユリアは震える息を吐き出して、ゆっくりと荷台の上に立ち上がった。御者台に座っている商人は前を向いているため気づかない。

エスカーの街から急いで離れるためか、馬車はよく整備もされていない荒れかけた道を疾走していた。とはいえ、路面の状態がかなり悪いのでさほどの速度は出ていない。車体は不安定に揺れて、ときおりガタンッと大きく跳ねる。

ここから飛び降りたら、無傷では済まないだろう。だが、死ぬこともないはずだ。いかな脆弱《ぜいじゃく》なユリアの身体であっても。

怪我をしたら、自分一人で商人から逃げ切ることはおそらく不可能だ。それでも、時間稼ぎくらいはできるはず。屋敷からユリアが消えたことに気づけば、ベルンハルトは必ず捜しに来てくれる。だから、それまでもてばいい。

ユリアは荷台から飛んだ。勢いよく後方に遠ざかっていく硬い地面の上に、柔らかな身体が強く打ち付けられた。

なるべく衝撃を分散できるように面積の広い背中から着地するようにしたが、落ちた先には運悪く道の脇から尖《とが》った石が突き出していて、それが左の二の腕をざっくりと抉《えぐ》った。

尋常でない痛みと止めどなく流れ出す自身の血液に、恐怖で腰が抜けてしまいそうになる。

だが、幸いそれ以外の場所は軽い打ち身で済んだようだ。脚も無事だ。腕の傷だけなら歩くのに支障はない。

ユリアは傷口を押さえ、すっくと立ち上がった。落下の打撃でまだ胃の中をぐるぐるとかき混ぜられているような気持ち悪さがあったが、かまってはいられない。

馬車が進む先も、もと来た道も、似たような樹木の風景がひたすら続いていた。闇雲に逃げれば、たちまち迷って道を見失いそうな夜の森。それでも行くしかない。

すくみそうになる脚を叱咤し、ユリアは馬車に背を向けて走りだそうとする。

しかしその直前、大の男ほどの体長がある二つの影が眼前に飛び出してきた。

「きゃっ……！」

短く悲鳴を上げて後ずさったものの、ユリアはすぐに体勢を立て直す。影の正体は極北の森に棲《す》む魔獣、黒狼だった。

突然現れた黒狼たちは、行く手を塞ぐように道幅に広がり、赤い目をひたとこちらに据《す》えている。ユリアは攻撃の予備動作を見逃さぬようそれらを注視しながらも、魔獣の中でひときわ強い力を持つ黒狼たちがどうしてこんなときに……と歯痒《はがゆ》さを覚えた。

しかし、ハッハッという黒狼たちの呼気に混じる花のような独特の香りに気づくと、これは偶然の災難などではないのだと瞬時に理解する。ヴァンパイアたちは狩りのときに魔獣を服従させる薬をまれに使用するが、その材料となる植物が確かこんな香りだった。

護衛もつけずに馬車で極北の森を抜けるなど無謀な計画だと思っていたが、なるほど商人は黒狼を操って自分たちを守らせていたらしい。薬はフランツィスカが用意したのだろう。

背後に一瞬だけ視線をやると、少し先で馬車を停めた商人がこちらに近づいてきているのが見えた。こんなところで黒狼と睨み合っている猶予はない。

ユリアはすぐさま身体の向きを変え、道を外れて草むらの中に駆け込んだ。

脚にまといつくスカートが邪魔でたまらない。木々の間の下生えは膝くらいの高さがあり、スカートの裾が引っかかりそうになるたびにユリアは歯噛みした。月光は空を覆う枝葉に遮《さえぎ》られ、足元が全く見えない。そのせいで地表に出た木の根に何度もつまずきそうになった。それでも、少しでも時間を稼ぐために必死に草をかき分けた。

だが、非力な少女の足の速さなどたかが知れている。たちまち黒狼たちに追いつかれ、行く手を阻まれてしまう。ならばと別の方向に逃げようとしても、二頭のうちの片方が素早くそちらに移動する。

そうこうしているうちに、あとからやってきた商人が追いついた。

「まったく、手間をかけさせてくれるな。さあ、大人しく一緒に来るんだ」

今度は絶対に逃がすまいとしてか、腕を掴む男の手には骨が軋《きし》むかと思うほどの力が込められていた。そのまま力任せに茂みの中から引きずり出される。もといた道に戻ると、馬車はもうすぐそこだ。

「いやっ！　離して!!」

ユリアは懸命にもがいた。依然として血を流しつづける腕の痛みすら忘れるほど無我夢中で拘束を振りほどこうとする。

再び馬車に乗せられてしまえば、助かる可能性は限りなく低くなるだろう。なんとかここで踏みとどまらなくてはならない。

もはや手段など選んではいられなかった。ユリアは傷を押さえて猛毒の血がべったりとついた手を商人の口元に向かって突き出した。

「――ッ！　小娘が……っ!!」

泡を食ってユリアを押しやった商人は、いきり立って黒狼たちに命令する。

「お前たち！　この生意気な小娘の脚の腱《けん》を切り裂いてしまえ！」

途端に二頭の黒狼は、狙いを定めるように赤い両目をぎょろりと見開き、頭を低くした。その後ろ足が力強いばねのごとく地を蹴り、巨大な体躯《たいく》が突進してくる。鋭い爪がきらりと満月の光を反射し、ユリアに迫った。

「ユリアっ!!」

待ち焦がれた人の叫び声が森の中に響き渡ったのは、そのときだった。それとほぼ同時に、黒狼たちが犬のような悲鳴を上げて相次いで飛び退いていく。見れば、一頭は前脚の腿《もも》、もう一頭は肩のあたりに深々とナイフが突き刺さっていた。

それらが飛んできたと思しき方向を振り返り、ユリアは己の脚から力が抜けていくのを感じた。

ベルンハルトとノエルが、それぞれの得物を手にしてまさに駆けつけけんとしているところだった。

どっと安堵がこみ上げて、ユリアはその場にへたり込む。まだ脅威が完全に去ったわけではないものの、二人が来てくれたのならもう大丈夫だと思った。

痛みに怯《ひる》んでいた黒狼たちの片方が再び飛びかかる仕草を見せたときにはすでに、ベルンハルトよりも一歩先んじてユリアを背に立ちはだかったノエルが長大な剣を油断なく構えていた。遅れて到着したベルンハルトも、彼が常に携行している短剣をいつでも切りつけられる姿勢で獣たちに向ける。

瞬間的に二人が交わした目配せを合図に、空気が動いた。

ヴァンパイアは強大な力を持つ種族である。それはずっと幼い頃から当然の常識としてユリアの頭に刷り込まれていたはずだった。

だが、その真の強さを目の当たりにするのは初めてのことだった。それぞれが一頭の魔獣を相手どって戦うその姿は、無駄がなく、しなやかで、圧倒的だった。

ベルンハルトは己に向かって次々と振り下ろされる爪を俊敏な身のこなしで難なくかわしていき、そのたびにがら空きになった太い胴体に深々と短剣を埋め込んだ。刃渡りが短く重みもない武器では致命傷を与えることは困難だろうに、彼はそんな不利をものともせずに着々と黒狼に傷を負わせ、制圧していく。

一方、大剣を両手で握ったノエルはしばらく、黒狼が繰り出す爪や牙による攻撃を回避することに徹していた。防戦一方にも見えるその様は実際のところ、確実に息の根を止める機会を窺《うかが》っていただけらしい。それが分かったのは、彼がほんの刹那生まれたわずかな隙を見逃さず、最短の動作で剣を一閃《いっせん》させ、硬い毛に覆われた喉を一撃で切り裂いたときだ。

悲愴《ひそう》な断末魔の叫びが森をざわつかせる。

びりびりと鼓膜が震える感覚を味わいながら、ユリアは戦いの決着がよどみなくつけられつつあることに胸を撫で下ろしていた。

そしてふと、商人の姿を探す。

魔獣とヴァンパイアがぶつかり合う戦いの場からいつの間にか消えていた彼は、どうやら馬車の陰に身を潜《ひそ》めていたようだ。荷台の後ろから出てきたところをいち早く見つけたユリアは、その手が掴んでいるものを目にして、はっと緊迫した吐息を漏らす。

商人が持っていたのは、矢が装填《そうてん》された状態の弩《いしゆみ》だった。彼は発射の体勢をとると、その矢じりの先端を、黒狼を倒したばかりのベルンハルトに向ける。

折しもベルンハルトは、己が狙われていることには気づかぬ様子で顔をしかめ、自身の額を苦しげに押さえたところだった。その身体はわずかにふらついている。戦っている間はそんな素振りを全く見せなかったが、吸血を断った身体ではやはり戦闘がこたえたのだ。

そんな状態で、大怪我などしたら——

ほとんど無意識にユリアは飛び出していた。

†

目の前で崩れ落ちていく義妹の背中を、ベルンハルトは呆然と見つめていた。

仰向けに倒れ伏したユリアの腹部には、矢が深々と突き刺さっていた。げほっと咳き込むと同時に大量の血を吐き出し、地面が紅《くれない》色に染まる。

直後、むちを振るう音と馬のいななきが聞こえ、馬車が物々しい音をたてて動きだした。この傷ではもう助からないと判断したのか、商人は誘拐を諦め、逃走することにしたようだ。

ユリアのそばに膝をつき、悲痛に声を失っていたノエルが、去りゆく馬車を険しい面持ちで振り返る。

「追いますか？」

「いや。今はユリアだ」

「ですが、この状態では……」

続く言葉を、ベルンハルトは冷たい眼差しで呑み込ませた。

ユリアの肌はすでに蒼白になっていて、全く血の気が感じられなかった。ベルンハルトたちが駆けつける前から、腕の傷でかなり出血していたのだろう。そこに加えて受けた矢は、命を脅《おびや》かすに十分だった。

ユリアが再び咳き込む。白くなった手がなにかを探すように緩慢に地を這った。ベルンハルトがそれを握ると、目蓋を上げた彼女がゆるりと微笑んだ。

「お義兄《にい》様、よかった……来てくれた……」

「ユリア、しゃべるな」

「ううん、言っておきたいことがあるの……げほっ」

血で汚れた口元をベルンハルトが己の衣服で拭ってやると、握ったユリアの手にきゅっと力がこもる。

「……逃げようとして、ごめんなさい。でも、私……もうお義兄《にい》様に二度と会えないかもしれないってときになって、ようやく気づいたの。やっぱりお義兄《にい》様のそばにいたいって。この恋が実らなくてもいいの。この気持ちが、お義兄《にい》様に仕向けられたものだとしても、そんなことは関係ないの。私が、そばにいたいって思うからそうするの……」

「分かったから……もう……」

ベルンハルトが見つめる先でユリアの目がふっと閉ざされる。手が徐々にぐったりと力を失っていく。

「ユリア……？」

呼びかけても、もう返事は戻らない。加減を忘れて強くその手を握りしめても、「痛いわ、お義兄《にい》様」なんて文句がその唇から紡《つむ》がれることはない。

なによりも尊い存在の命が、今まさに潰《つい》えようとしている。そんな現実に直面し、ベルンハルトは己の中で一つの覚悟が静かに固まっていくのを感じた。

「ノエル、獣を狩れるだけ狩ってこい。今すぐにだ」

ノエルの血には精気が含まれていないから、この場ですぐに調達できる精気は獣の血だけだった。

一切の感情が消え去ったような声音で命じると、ノエルがさらに表情を歪ませる。

「血を飲ませたところで、ユリア様の治癒力では――」

「血を飲むのは僕だ」

遮《さえぎ》って口にすると、彼の青い瞳がどういうことだと言わんばかりにこちらを凝視した。

ベルンハルトは立ち上がり、手近に倒れている黒狼の遺骸に歩み寄る。

「コントラクトを結び、ユリアを完全なヴァンパイアにする。救う方法はそれしかない」

ヴァンパイアの生命力があれば、ユリアは生き延びられるはずだった。

「しかし……っ、そんなことをしたら、ベルンハルト様は命の保証が……！　いくら吸血で毒を薄めたとしても……っ」

彼の憂慮はもっともだ。

いかなベルンハルトが同胞の中でとりわけ高い治癒力を有しているといえど、魔女の血の猛毒には到底敵うまい。それは、他者に比べて多少優れているとか個体差でどうにかできる問題ではないのだ。

だが、ベルンハルトの心はもう決まっていた。

「ユリアの命以上に、僕に優先するものがあると思うのか‼」

狼狽《うろた》えて行動を開始することができずにいるノエルを大音声で一喝する。

彼は泣きそうな顔になり、それからぐっと唇を引き結んだ。

「……承知いたしました」

迷いを振り切るように駆け出し、木々の間に分け入っていく。その後ろ姿を見送り、ベルンハルトは黒狼に向き直った。

平時であれば獣の血など意地でも飲みたくない代物だが、ユリアのためなら忌避感などあってないようなものだ。

力尽きたその首に噛み付き、胃が限界になるまで血をすすった。

そしてユリアのもとに戻る。

彼女の呼吸は徐々に弱々しくなっていて、血や土で汚れたその姿は目を背けたくなるほどに痛ましい。

一刻も早く楽にしてやりたくて、ベルンハルトは己の腕を噛み、血を口に含んだ。そしてユリアの上体をそっと起こし、首筋に優しく牙を差し込むと、口内の液体をその身体に流し入れる。

それが終われば、今度は同じ場所からユリアの血を吸い出す。

空に浮かぶ満月だけが、二人を見下ろしていた。ノエルは一体どこまで行ったのだろうか。あたりはとても静かで、穏やかな風が草木の葉を揺らす音が、緊張に早鐘《はやがね》を打つベルンハルトの心臓をあやすように鎮めていった。

このうえなく慎重な手付きでユリアを横たえると、ベルンハルトはそこから少し離れ、もう一度自身の腕に牙を突き立てた。

ひと息で注ぎ込んだのは、途中で倒れることを危惧《きぐ》したからだ。予想にたがわず、血を入れてから五つも数えぬうちに異常が表れた。

どくん、と心臓が大きく鼓動する。

「ハアッ……」

まるで全身の血液が沸騰しているかのようだった。毒は身体中の血管を巡り、このわずかな時間のうちにあらゆる器官に到達したのだろう。部位という部位が灼熱の感覚に見舞われ、四肢が痙攣《けいれん》する。己を構成する全てが焼け落ちていくかのような壮絶な苦しみだった。それでも這って移動し、先とは別の黒狼から吸血しようとする。

「ベルンハルト様！」

呼び声にベルンハルトが振り向くのと、ノエルがどさりと目の前に獲物を下ろすのは同時だった。彼がかろうじて抱えられるくらいの大鹿は、瀕死の傷を負ってはいるものの、まだ息があった。

生き血のほうが精気ははるかに充実している。

ベルンハルトはほとんど本能の動きでその喉に食らいついた。

一滴残らず吸い尽くす勢いで鹿の血を嚥下《えんげ》する。が、毒の影響を薄めるにはまだまだほど遠い。ノエルもそれが分かっていたのだろう。なにも言われずとも次の獣を捕らえに行った。

ベルンハルトは鹿の上に倒れ伏しながら、強烈な悪心《おしん》と戦っていた。せっかく取り込んだ血を嘔吐して無に帰すわけにはいかない。

痛みなのか熱なのかさえ判然としない責め苦が頭の天辺からつま先までをあまねく蝕《むしば》み、寒いわけでもないのに全身の激しい震えが止まらなかった。ベルンハルトの意識は次第に朦朧《もうろう》としはじめていた。

だが、そうしているうちにユリアにも変化が訪れる。

先ほどまではぴくりとも反応を示さなかった彼女が、突如「う……」と小さなうめき声を上げ、身をよじり、苦悶《くもん》しはじめたのだ。

途端、己の苦しみすら忘れ、ベルンハルトの視線は彼女に釘付けになる。そして目を瞠《みは》った。

その光景は、夢かと思うほどに幻想的だった。

苦痛を訴えるように歪んでいたユリアの表情がある瞬間ふっと緩んだかと思うと、腹や腕の傷口から光の粒が溢れ、怪我がたちまちに治癒していく。不思議な光はまたたく間に増殖していき、ついには彼女の身体全てを覆い尽くすほどに成長する。そして前触れもなく、風に吹かれるように、ふっと消え去った。

眠りから目覚めるかのごとく、ユリアは自然に目を開き、起き上がった。

その腹の上から一本の矢が転がり落ちる。

「……え？」

それが自身の身体に刺さっていたものだと気づいて、彼女は驚愕の表情を浮かべた。

「お義兄様《にい》……？」

ベルンハルトを探してさまよう視線は、離れたところに横たわっている義兄の姿を間もなく発見する。

「お義兄様《にい》⁉　どうして……⁉」

飛びつくように駆け寄り、義兄の身体になにが起こっているのかを見極めようとした彼女は、間もなく首のところに目をとめた。

ユリアの震える指先が、なにかをなぞるように頸部《けいぶ》の皮膚に触れる。

「この、紋様……」

彼女の紅《くれない》の瞳に、みるみる涙が膨らんだ。その細い首にも、おそらく揃いと思しき薔薇のつるのような紋様――コントラクトの証《あかし》が浮かび上がっている。

無事に契約は成立したのだ。

ベルンハルトが安堵すると、一時的に和らいだように思えていた痛苦がまた復活する。

「ぐぅ……！　ハッ、はぁっ……」

「お義兄様《にい》！」

驚いたユリアの手が喉元から離れていこうとするのを、ベルンハルトは力を振り絞って捕まえる。視界が少しずつ霞《かす》みはじめていて、彼女がそばにいることを肌で感じていたかった。

ぽたぽたと温かい雫《しずく》が顔に降ってくる。

「どうして？　お義兄《にい》様、私なんかのために……！」

ベルンハルトは言葉を発しようとしたが、すでに舌も痺れていて奇妙な唸《うな》り声が漏れただけだった。代わりにつないだ手に力を込める。

命を投げ出してでも守りたいものを、〝なんか〟などと言ってくれるな。

意図が伝わった確証はなかったが、さらなる雫《しずく》がぱたたっと頬に落ちてきた。

「私の、血を吸って……お義兄《にい》様……ヴァンパイアの血なら、獣の血よりずっといいはずよ。今ならたくさん吸われても、平気だから……」

ようやっと聞き取れるくらいの涙声で告げて、ユリアは己の腕を義兄の口元に押し付ける。

彼女の負傷が全て治ったのはおそらく、コントラクトによって身体が完全なヴァンパイアに作り変えられる過程での副産物だったのだろう。だから、もとから完全なヴァンパイアであるベルンハルトの、毒に冒された身体は治癒しない。

ユリアの提案はとても魅惑的なものだったが、ベルンハルトはしばらく悩んだ末に緩く首を横に振った。

おそらくもう、自分は助からない。

さっきノエルが連れてきた大鹿は傍らですでに絶命している。捕獲のときの傷が原因ではなく、大量に血を抜き取られたことによる失血死だ。

それくらいの血を飲んでも、毒の症状はどんどん進行していて、その速度は微塵《みじん》も衰える様子を見せない。

最初から生き延びられるとは思っていなかった。はなから覚悟していた死だ。

だが、ユリアにとってはそうではなかった。

「いやよ！　いや！　どうしてお義兄様《にい》が⁉　やだ……やだよう……」

幼い頃だってこんなふうに駄々をこねたりはしない子だったのに。泣きじゃくる声が胸に痛い。

頭を撫でて慰めてやりたいが、もうそこまで手を伸ばせない。

痛みの感覚は徐々に麻痺していて、ただ意識が薄れていくのを感じた。

――このまま目を閉ざしたら、たぶん二度と目を覚まさないんだろうな。

そんな残酷な現実をベルンハルトは不思議なほど凪《な》いだ心持ちで受け入れようとしていた。

ユリアが泣く声を聞きながら、死後の世界に旅立つ瞬間をただひたすら待った。

別の誰かの悲鳴が二人の間の空気を乱したのは、そんな折だった。

「ベルンハルト……？　いやぁっ、嘘でしょう⁉」

吐息のような声で「フランツィスカ様……？」とユリアが呟くのが聞こえる。次いで、はっと息を呑む気配。

直後ユリアはベルンハルトの手を振りほどき、猛然と立ち上がった。

「その手に持っているものはなんですか⁉　渡してください！」

その命令はフランツィスカに向かって発したものなのだろうか。これまで聞いたことがないくらいの剣幕だった。

対する相手の側はどうやらもたついているらしく、業《ごう》を煮やした様子のユリアがざっと土音をたてて駆けていき――すぐに戻ってきた。

再び傍らに座り込んだらしい彼女が優しく耳元で囁く。

「お義兄様《にいさま》、飲んで。魔女の秘薬よ」

ユリアは一体なにを言っているのだろうか。魔女の秘薬がこんなところにあるはずがない。

だが、そんな疑問にかかずらっている余力は、もはやベルンハルトには残されていなかった。

胸元に、しゃらん、と細い鎖が落とされる。一瞬だけ焦点の合った視界で捉えたそれは、いつかフランツィスカが手首に巻いていたものではなかったか。

そんなことを考えているうちに、頬に手が触れて、柔らかいもので口が塞がれる。

――ユリアの唇だ。

口移しで与えられたのは、彼女自身の血液だった。そして、真珠のようにつるりとした感触の丸薬のようななにか。

ベルンハルトにできるのは、ただそれらを飲み下すことだけだった。

変化は劇的だった。

薬と名はついているものの、もしかしたら魔女の秘薬というのは一種の魔法のようなものなのかもしれない。飲み込んでいくばくもしないうちに、あれほど全身を冒していた死の気配がさあっと遠のいていくのが分かった。

麻痺していた感覚が、徐々に戻ってくる。

それは苛烈な苦しみの再来を意味するのではなく、ベルンハルトに訪れたのはただただ安らかな休息だった。まるで身体が内部の修復に全ての力を集中させようとしているかのように、ひどい眠気に襲われる。

それでも、眠りに落ちる前に彼女の顔をひと目見ておきたくて、ベルンハルトは必死に目蓋をこじ開けた。

「……ユリア」

「お義兄様《にいさま》……！」

覗き込む顔は、目元が真っ赤に腫れて、涙の流れた跡が幾筋も這っていた。土がついて黒くなっている部分もある。それが分かるほどにはっきりとその姿を再び捉えられたことに、ベルンハルトの胸は震えた。

「ありがとう……もう大丈夫だよ、ユリ、ア……」

なんとかそう伝えたのを最後に、意識は睡魔に呑み込まれていった。

第七章　婚姻

ユリアとベルンハルトが森から帰還すると、二人の間にコントラクトが成立したことはまたたく間に国中に知れ渡った。首に浮かび上がった揃いの紋様が動かしがたい証拠となったため、二人が古《いにしえ》の契約で結ばれたことは決定的な事実として即座に人々に認知された。そのとき国内に走った衝撃はまさに激震と呼ぶに相応しいものだった。

婚約とはすなわち、ヴァンパイアにとって至上の目的であるコントラクトを約束する誓いである。それを反故《ほご》にすることは、エスカー国において許されざる背信行為だった。にもかかわらず、今回その暴挙に出たのは、いずれヴァンパイアを統《す》べる立場につく者だ。その知らせは民を大いにざわつかせ、六氏族の当主からなる議会はすぐさまクニューベル家に事態の説明を求めた。

ここで十分な釈明ができなければ、クニューベル家は婚約を一方的に破棄した責任を追及されるおそれがある。だが、そもそもの発端はフランツィスカがユリアを国外に追い出そうと企んだことであり、理は明らかにクニューベル家の側にあった。しかし、それを公に証明するには、フランツィスカの犯した罪を詳《つまび》らかにせねばならない。彼女が自身の罪状を否認すれば、裁判に発展することもありうる状況だった。

国の最高権力を分かち合う氏族同士の問題は、まず当事者たちの手に委《ゆだ》ね、話し合いによる解決を試みるのが決まりだ。両家は決まりを遵守《じゅんしゅ》すべく急ぎ会談の席を設定した。

そしてやってきたその当日、ユリアはベルンハルトと父とともに、固唾《かたず》を呑みつつウィスカー家当主とフランツィスカを出迎えた。

クニューベル家の応接間のテーブルを囲んだ五人は当初、それぞれの出方を窺《うかが》ってしばらく沈黙していた。

その無言の静寂を最初に破ったのはウィスカー家当主のゲルトだ。彼のいかめしい顔つきには忸《じく》怩《じ》たる色が多分ににじんでいた。

「このたびは、娘のフランツィスカがとんでもないことをしでかしてしまい、たいへん申し訳なかった。一歩間違えば取り返しのつかないことになっていただろう。本当に、どう詫《わ》びたらよいものか……」

ウィスカー家の当主は代々、エスカー国の医療施設とその従事者を束ねる役割を担っている。現在その地位にあるゲルトは、怪我や病に苦しむ患者によりよい治療を施すために日夜尽力しており、分け隔てない公平な采配で民からの人望も厚い人物だった。だからこそ、自身の娘が他者の命を脅《おびや》かすような真似をしたことが受け入れがたいのだろう。

頭を下げる自身の父の隣で、フランツィスカは幽鬼のような青白い顔をしてテーブルの上の一点を見つめていた。

あの日ベルンハルトに魔女の秘薬を飲ませ、容態が安定したのを見て取ったユリアは、その場に戻ったノエルにベルンハルトを背負ってもらい、エスカーへの帰途についた。そんな三人のあとをフランツィスカもふらふらとついてきていたのだが、まるで魂が抜けてしまったかのように一切の感情が消え去った顔をしていた。

別邸に到着したあとは周りがすぐに慌ただしくなったため、彼らのことを気にかけている余裕は全くなくなってしまったのだが、ノエルはいつの間にか姿を消していて、フランツィスカも知らないうちにウィスカー家に身柄を引き渡されていた。

フランツィスカと顔を合わせるのはその日以来のことだった。

正面の長椅子に呆然と腰を下ろしている彼女から、ユリアはそっと目を逸らす。

数日前となんら変わらぬ――どころか、むしろやつれ、さらに悲愴《ひそう》感を増した姿は、本人の自業自得とはいえ、眺めていてあまり気分のいいものではなかった。彼女から受けた仕打ちにはユリアももちろん理不尽さを覚えているのだが、自信に裏打ちされた日頃の様子を知っているだけに、その落差は見るに忍びない。

これまで輝かしい評価をほしいままにしてきたフランツィスカだから、己の計略が失敗に終わり、その罪が白日のもとにさらされようとしていることに絶望しているのだろう。

――いいえ、それは理由の一つに過ぎないのかもしれないわ。

ユリアが魔女の秘薬をフランツィスカから奪い返したとき、きっと彼女はこの首に描かれた紋様を目撃した。

——もしかしてフランツィスカ様は、お義兄《にい》様のことが本当に好きだったんじゃないかしら。

だからこそ、ベルンハルトとコントラクトを結ぶことがもう叶わぬと知り、失意のどん底に突き落とされたのだ。

フランツィスカに対し徹底して事務的な義兄の態度を思うと、彼らの婚約が相思相愛で結ばれたものでなかったのは確かで、彼女もそんなベルンハルトに対して常に一定の礼節を弁《わきま》えていた。だから今まで思い至らなかったのだが、フランツィスカのほうは案外本気で彼に片思いしていたのかもしれない。

あの事件の夜だって、自身が仕組んだことであるのに彼女は結局馬車を追いかけて森の中まで踏み入ってきた。それもベルンハルトを心配したからこそなのだろう。あとになって自分のしたことが怖くなってきたという部分もあったのかもしれないが、結果としてその行動が彼の命を救った。

ユリアがフランツィスカから魔女の秘薬を取り上げたとき、彼女は一切抵抗しなかったのだ。

「謝罪は受け取ったから、ひとまず頭を上げてくれないか。確認したいこともある」

ウィスカー家から来た二人にそう声をかけたのは、一人がけの椅子に腰掛けたユリアたちの父クラウスだった。

ちなみに、長椅子に着いたユリアの横には当然のごとくベルンハルトがいる。義妹の命を危険にさらしたフランツィスカの所業について腹に据《す》えかねているらしく、彼は今もピリピリとした空気を放ちながら守るようにユリアの腰に手を回していた。

真面目な話し合いの場に相応しい振る舞いとは言いがたいが、一歩間違えば大切な存在を失っていたかもしれないのだから無理からぬ反応なのかもしれない。ほかの者たちは見て見ぬふりをしているらしく、誰もそのことを咎《とが》めようとはしない。フランツィスカに見せつけているようでユリアは気まずくてたまらないのだが、じっと我慢するしかないようだ。

クラウスは咳払いをして一同を見回したあと、あらためてゲルトに目を向けた。

「知らせを受けて追跡に出た警備隊により、南の国に逃げようとした商人が捕らえられたことは、すでにそちらにも報告が行っているだろう。商人が所持していた薬品も証拠品として押収されている。一つは睡眠薬、一つは対魔獣用の服従薬。どちらもエスカー国の薬師が調合したものだ。医療施設を統括する立場にあるウィスカー家には、どういった経緯でそれが外部の者の手に渡ったのか調査のうえ、しかるべき処置をとってもらわねばならない」

それにゲルトは重々しく頷いた。

「このたびのことは全て、我が娘フランツィスカが商人と共謀して行《おこな》ったことだ。本人もそれを認めている。睡眠薬と服従薬は宮殿内の薬品庫から持ち出されたもので、フランツィスカの証言と薬品庫の在庫記録も一致した。薬師をとりまとめる立場でありながら、私欲のために薬を悪用する者を家門から出してしまい、面目次第もない。フランツィスカからは薬師の資格を剥奪《はくだつ》する」

薬師を代表する家柄の直系でありながらその資格を剥奪《はくだつ》なんて……とユリアは驚いて顔を上げた

が、そんな反応をしているのは自分だけだった。クラウスもベルンハルトも表情を変えずに聞いている。

「……それが妥当だろう。ユリアを誘拐しようとした罪については、またあらためて氏族会議で処罰を検討しなければならないが、フランツィスカさんはユリアが二度とエスカー国に戻れなくなる可能性も理解したうえで商人にその身柄を引き渡したと考えられる。最低でも二十年は蟄居《ちっきょ》してもらうことになるだろう」

「量刑は規定の手続きにのっとり、他家の当主らも含めて判断してくれればいい。婚約の破棄についても、ウィスカー家から不服を申し立てるつもりはない」

議会への報告についてもゲルトは全面的に協力する意向を示したため、両家の当主は実にすんなりと合意に至った。

その間、フランツィスカは一言も発することはなかった。話題は己に課される罰に関するものだというのに、彼女は依然として誰とも視線を合わせないまま、身じろぎもせず無表情に座っていた。

「僕からも少しいいですか。フランツィスカに聞きたいことがあります」

ベルンハルトがそう口にしてようやく彼女の瞳が焦点を結ぶ。だが、彼の冷たい眼差しを受け止めてもやはり表情一つ動かない。もはや全てがどうでもいいといった雰囲気だ。

「フランツィスカ。ユリアの拒血症の治療にも、魔女の秘薬を使ったのか」

そんな質問が投げかけられた直後、ともすれば聞き落としてしまいそうなほどかすかな吐息が、ふっ、とまるで笑い声のように室内の空気を震わせる。思わずユリアが視線を向けると、フランツィスカの口角がほんのわずかに上がっていた。

彼女は覇気のない口調で自嘲するように答えた。

「ええ、そうよ。あの商人から、魔女の秘薬がどんな見た目をしているのか事前に聞いていたの。と言っても、そういう噂だと世間話の中で偶然耳にしただけだから、実際この目で見るまでは大して信じていなかったわ。でも、赤みがかった独特の光沢という特徴が聞いた話そのままだったから、ユリアさんの首にかかっているものが魔女の秘薬だと気づいたのよ」

「ちょっと待ってくれ」

要点だけで交わされるやりとりに待ったをかけたのはゲルトだ。彼は考えを整理するように金の顎髭《あごひげ》を撫でつつ言う。

「魔女の秘薬というのは、ベルンハルト君を血の猛毒から救ったそれのことだろう。それはユリアさんの所持品だったと聞いている。それをなぜフランツィスカが使うなどという話になるんだ？それに、ユリアさんが拒血症を患ったのは十年以上も昔のことだろう」

困惑している様子のゲルトはどうやらフランツィスカから魔女の秘薬に関する細かい説明を受けていなかったらしい。ユリアは内心で同情した。

こうしてクニューベル家を訪れるからには、事前の準備として当然ウィスカー家でも今回の事件における事実関係の確認が行われたはずだ。全てを明らかにするためには、あのときなぜあの場に魔女の秘薬があったかについても言及する必要があるのだが、フランツィスカは自分のさらなる悪事が明るみに出るのを恐れたのか――あるいは、単に話すのが面倒だっただけかもしれない。ベルンハルトの質問にはよどみなく答えたところを見ると、この場で言い逃れをするつもりはなさそうだ。

一方のクニューベル家ではもちろん、ユリアやベルンハルトがおのおのに持っていた情報がひとおり共有されていた。森の中でユリアが取り戻した記憶のことも、宴の夜にフランツィスカが身につけていた鎖のことも。そうして一つの結論に達していた。

「僕から説明しましょう」

義妹の腰を抱いているのとは反対の手をベルンハルトがすっと挙げる。

「まず、僕が飲んだ魔女の秘薬は、ユリアがこの家に引き取られるときに実母から与えられたものです。ただ、魔女の秘薬は真珠と非常に似た見た目をしていて、屋敷に来たばかりのユリアが鎖に通してペンダントのように首から下げているそれが薬だとは屋敷の誰も気づいていませんでした。しかも、それは拒血症の騒ぎの中でいつの間にか消えていて、僕もユリアも最近まで存在すら忘れていたくらいです。しかし、商人に連れ去られた折にユリアが秘薬にまつわる記憶を思い出し、フランツィスカが手にしているものこそその秘薬だと気づいて、咄嗟に僕に飲ませたのです」

そこまで語ったベルンハルトが、腕の中の義妹を見下ろす。

「ユリア、鎖は今身につけている？」

「え、ええ」

「見せてあげなさい」

首にかけていた鎖を外したユリアはそれをテーブルの中央に置いた。細い銀色の鎖には、今はなにも付属物がない。

ベルンハルトはそれを手で示す。

「この鎖は幼いユリアが魔女の秘薬を首から下げるときに使用していたものです。ユリアや僕や父母の記憶を照らし合わせたところ、この鎖には当初三つの真珠——秘薬が通されていたと思われます。しかし、先日僕が飲んだものが最後だったようで、今は一つも残っていません」

ここまでくれば、ベルンハルトがフランツィスカに発した最初の問いの意図が理解できたのだろう、ゲルトは渋面を作った。

「あとの二つの秘薬は、最近まで鎖を所持していたフランツィスカが使用したと考えるのが自然でしょう。具体的には、ユリアの拒血症、そして先月の宴の最中にユリアから吸血して倒れた男。どちらも治療にあたったのはフランツィスカです」

ゲルトは、ぐう、と小さく唸《うな》り、目元を覆う。

そのまましばし苦悩する様子を見せていたが、やがて大きなため息をついて頭を上げた。

「その二件については、私も密かに不審をいだいていた。この国においては、拒血症も血の猛毒もこれという治療法が確立されていない。フランツィスカが実施したと報告した処置はどれも一般的なもので、劇的な回復を見込めるようなものではなかった。血を飲んだ男のほうは速やかに毒を吐き出したから大事に至らなかったのだと説明できないこともない。だが、ユリアさんの拒血症は正直なところ、奇跡が起きたとしか思えない回復ぶりだった……。そうか、魔女の秘薬……」

長年の謎が解けて深く納得したらしい彼は、瞑目《めいもく》して天井を仰ぐと、手の動きでベルンハルトに話の先を促した。理屈を捻《ね》じ曲げてでも己の娘を庇い立てしようとしないあたり、彼は評判にたがわぬ人格者なのだろうとユリアは思った。

「フランツィスカ」

ベルンハルトが低い声で再び呼びかけると、彼女の肩がびくりと揺れた。投げやりな気持ちになってはいても、いざ糾弾《きゅうだん》されるときはやはり怖いものだ。

「拒血症で倒れたユリアのもとを訪れたとき、首飾りが魔女の秘薬だと気づいた時点でなぜ言わなかった？　それどころかあなたは人目を盗んで魔女の秘薬を自分のものとし、あまつさえ拒血症を治せたら自分と婚約してほしいと僕に交換条件まで持ちかけた」

「――交換条件？」

思わず大きな声を出してしまったユリアは、周囲の視線を一身に集めて「ごめんなさい……」と肩をすくめて謝罪した。それでも心臓の鼓動はうるさく動揺したままだ。

だって、そんなことは初耳だった。

――まさか……まさかお義兄《にい》様の婚約が、私のために結ばれたものだったなんて……

どうして教えてくれなかったのか、という疑問の答えは、すぐに想像がついた。
叶わぬ恋に苦しんでいた当時にそんなことを告げられたとしても、心痛が増すだけだっただろう。
あれほど憎んだ彼の婚約が自分の命と引き換えだったと知れば、ユリアは本当に気持ちのやり場がないではないか。

――別邸に閉じ込めるまでしたくせに……

ベルンハルトの愛し方はときに独りよがりで、それには確かに激しい反感をいだいたりもした。
だが彼は、最後の大事な一線では迷いなくユリアを優先する。そういうところがずるいと思う。
ユリアがなんとなく負けた気分になっていると、腰を抱えていた義兄の手にぎゅっと力が込められる。

そこで意識を現実に引き戻したユリアは、真正面から己を射貫く凍《い》てついた眼差しに気づいてゾッとした。氷のような目でこちらを凝視しているのは、テーブルを挟んで反対側に座っているフランツィスカである。

「理由を言え、フランツィスカ」

ユリアには指一本触れさせまいとするように義妹を己の胸元に引き寄せつつ、ベルンハルトが問いただす。

瞬間、フランツィスカの瞳が悲痛に歪み、大粒の涙を溢れさせた。

「そんなの、決まってるじゃないっ！　あなたをとられたくなかったからよ!!」

叫ぶように言い切って、懐《ふところ》から取り出した手巾《ハンカチ》で目元を拭いはじめる。それでも滂沱《ぼうだ》の涙は収まらず、顎から伝い落ちてドレスの胸元までもを濡らしていった。女神のようとすら言われた完璧な淑女が人目もはばからず号泣する姿に、彼女の父親ですら唖然《あぜん》としていた。

しかし、ベルンハルトは容赦がない。

「そもそも僕があなたのものだったことは一度もない。あなたは僕のことが好きだったのか？」

鼻白んだように口にするのはあまりにも配慮に欠けた問いかけだ。ユリアはさすがにフランツィスカが気の毒になってくるが、自分のこんな感情は相手をさらに惨めな気持ちにさせるだけなのだろう。

フランツィスカは泣きながらも気丈に言い返した。

「そうよ！　六氏族の中ではあなたが一番歳が近かったし、なにより優秀で、完璧だったもの！　なんでもできるあなたに憧れて、私も民の模範になれるよう氏族の娘として努力したわ！　ずっと見てきたんだもの、好きになるのは当然でしょう⁉　伴侶に選んでもらえるかもしれないって期待だってするわ！　あなたが私に興味を持っていないことは知っていたけれど、誰にでもそうだったからかまわなかった。――こんな子が、現れたりしなければ！」

キッと睨み据《す》えられてユリアは身を縮める。

「……この子が拒血症で倒れたとき、寝台にじっと寄り添うベルンハルトを見て驚いたわ。あんなふうに狼狽《うろた》えるあなたを目にしたのは初めてだった。誰にも特別な関心を寄せたりしないあなたが唯一大切にしたいと思う存在に出会ってしまったのだとすぐに悟ったわ。でも受け入れられなかった。どうしてそれが私じゃないの？　私が、どれだけの月日を、ベルンハルトだけを見つめて過ごしてきたと思っているの？　感情を押し殺して、自分の仕事に専念しようとしたとき、ユリアさんの首にかかっているそれが、魔女の秘薬だと気づいたの――」

そこで魔が差した。そういうことなのだろう。

それほどユリアが憎いなら、いっそ見殺しにすればよかったのではと思わなくもないが、ほかにベルンハルトの心を惹きつける者が現れないとも限らない。交換条件は彼を確実に手に入れるための手段だったのだ。

フランツィスカは語りたいことを全て語り終えたのか、手巾《ハンカチ》に顔をうずめてひたすら嗚咽《おえつ》する。

その姿はとても痛々しいものだった。

ベルンハルトが小さくため息をついたのが聞こえた。

「心が手に入らないのならば形だけでも、という気持ちは、僕も分からなくはない。だが、自分のした結果だ。自分で受け止めろ」

もしかすると彼は、彼女にほんの少しだけ自分の所業を重ね合わせたのかもしれない。最後にかけたその言葉にだけは、かすかな同情と、重い実感が伴っているように感じられた。

会談を終えて屋敷をあとにする際、ゲルトは玄関前まで見送りに出てきたユリアとベルンハルトを見てこう言った。

「どれほど謝罪したところで、娘のしたことはクニューベル家の方々にとって到底許せるものではないだろう。だが、我々はこの国を統《す》べる六氏族の一員であり、これからもエスカーのために協力していかなければならない。今回の件が両家の間に深い溝を作ってしまわないことを祈っている」

フランツィスカは正面に停められた馬車にとっくに乗り込んでいて、その話を聞いているのはベルンハルトとユリアの二人だけだった。

ウィスカー家当主のゲルトは本来目の前に立つだけで背すじが伸びるような威厳のある人物だが、そんな彼が今はだいぶ気落ちしているようだった。無理もない。

対するベルンハルトは、相変わらず気負ったところもなく淡々と返す。

「それはあなた方次第でしょう。協力しなければならないという点については私も同意見です。しかし、あなた方が僕の妻を蔑《ないがし》ろにするようなことがあれば、手段を選ぶつもりはありません」

彼がさらりと口にした隣でユリアは頬を熱くしていた。妻という言葉が自分を指すものだときちんと理解していたからだ。

「なるほど」

ゲルトは呟いてかすかに笑う。そしてその静かな眼差しをユリアに向けた。

「ユリアさんは温室で薬草を栽培しているそうだな。聞くところによると、自分で一から薬を作り、日々の体調管理に活用しているとか」

「は、はい……」

彼に直接言葉をかけられるとは思ってもみなかったユリアは内心でひどく緊張する。己の個人的な情報が彼のような重鎮の記憶にとどめられていたことも軽い衝撃だった。

国の薬師の頂点に立つ男を前に、ユリアはなんとなく品定めでもされている気分で次の発言を待った。

「……純血のヴァンパイアであっても、ごくまれに病弱な身体を持って生まれてくる子供がいるという事実を、ユリアさんは知っているかな。あなたの知識はそういった者たちの助けになるかもしれない。近いうちに詳しい話を聞かせてもらえないだろうか」

「え……？　は、はい！　もちろん……！」

ユリアの返事に、彼は口元を緩めて頷いた。

「順番が前後してしまったが、次期クニューベル夫人。私はウィスカー家の当主として、ともにエスカーを導くことになるであろう新たな仲間を歓迎する。結婚おめでとう」

ゲルトが別れの挨拶を告げて立ち去ると、間もなく馬車が走りだす。その姿が小さくなって見えなくなるまで、ユリアは感動のあまりそこから動くことができなかった。

そして訪れた次の新月の夜。

クニューベル家の自室で純白のドレスに着替えたユリアは、使用人に髪形や装飾品を美しく整えてもらうと、屋敷のダイニングに足を向けた。

ヴァンパイアの婚姻は通常、前もってその旨を周りに知らせ、満月の夜に人々を集めて祝宴を催《もよお》し、そのあと花嫁と花婿が二人きりでコントラクトを結ぶ。

だが、ユリアたちはそういった段取りを全て飛ばしてコントラクトを交わしてしまった。しかもベルンハルトは、婚約者だと周知されていたフランツィスカとは別の相手を伴侶に選んでいる。

ずいぶんと変則的な順序になってしまったが、付き合いのある者たちに結婚を報告する意味もある祝宴を次の長であるベルンハルトが省くわけにはいかないと両親は言う。

しかし、急場での相手の変更やフランツィスカの起こした事件に人々も動揺している。

よって正式な宴はユリアという伴侶が周囲に自然に受け入れられた頃にあらためて執《と》り行うこととし、まずは家族だけで小さな祝いの席を設けることになった。

屋敷のダイニングに集まったのはユリアとベルンハルト、そして二人の両親であるクラウスとコルネリアである。ユリア以外の三人は多忙な日々を送っているため、こうして揃って食事をするのはずいぶんと久しぶりのことだった。

たった四人だけの晩餐会《ばんさんかい》ではあったが、ユリアが長テーブルに着席すると、目の前には美しい色彩の生花が飾られている。その下に敷かれたクロスも、並べられた食器も、人を呼んで正式に宴を開く際に使用されるものだった。

それらを眺めてユリアが面映《おもはゆ》い気持ちになっていると、クラウスがおもむろに口を開いた。

「これは分かっていてほしいのだが、ユリア。私たちは花嫁としてお前を迎えることができたことを心から嬉しく思っているよ」

その隣でコルネリアもにっこりと微笑んでいる。

「そうよ。フランツィスカさんのことは残念だったけれど……あなたたちが納得しているのなら、私たちはそれでかまわないの。子供たちの結婚を心から祝福するわ。屋敷の者たちもね。今夜のメニューは料理長がたくさん考えて提案してくれたのよ。花は特別綺麗に咲いているものを庭師がよりすぐってくれたし、このダイニングだってみんなで腕によりをかけて飾り付けたんだから」

義母を中心とした屋敷の人々がこの日のためにどれほど心を尽くして準備してくれたかをあらためて明確に伝えられ、ユリアは目頭が熱くなる。すぐには言葉が出てこなくて、ただこくこくと首を縦に振った。

ベルンハルトが仕組んだこともあって、これまでユリアは使用人たちとまともな交流をしてこなかった。彼らの名前すら知らず、その存在を大して気にとめることもなく、その状態を当たり前のことと思い込んで疑問すら覚えずに暮らしてきた。

だが、彼らのほうは違ったらしい。

コントラクトを結んだことが周囲に発覚したとき、一番予想外だったのは、使用人たちの反応だった。

なにしろ急なことだったから、最初は他家の者たちと同様、手放しで祝福してくれなくても仕方がないとユリアは思っていた。だが、家令から結婚の事実が知らされたとき、彼らは一様によかったと頷き合い、涙ぐむ者までいたという。

考えてみれば、ずっと屋敷で主人たちの身の回りの世話をしてきた使用人たちは、仕事で留守がちな両親よりもよほど間近で、ユリアとベルンハルトが仲睦《むつ》まじく過ごす姿を見てきたはずだ。

ベルンハルトのユリアに対する扱いに疑念をいだいている者もいるとノエルは語っていたが、新入りだった彼の認識は実態とは微妙にずれていたのかもしれない。

使用人たちはただただ心配していたのだ。

第三者の目線で見れば、明らかに家族以上の想いを互いに育んでいる義兄妹。けれど、コントラクトを結ぶことは叶わない。ベルンハルトがことさらに過保護になるのも、ユリアが妄信的に彼に依存してしまうのも、気持ちは分かりすぎるほどに分かる。それゆえに、彼らは胸を痛めつつ二人を見守ってくれていたのだ。

「その……ありがとうございます。本当にみんなよくしてくれて、なんてお礼を言ったらいいか……」

涙をこらえるユリアを見守る者たちの目はみな温かい。血のつながった家族だけでなく、給仕のためにダイニングと調理場を行き来する使用人たちも微笑ましそうに口元を緩めている。

これからはユリアも、将来ベルンハルトとともに国を支える者として、屋敷の外の世界に足を踏み出し、さまざまなことを学んでいかねばならない。世間知らずな自分が果たしてどれだけのことをなせるのか。不安になりだせばきりがない。

だが、こんなふうに祝福してくれる人たちがいるなら、新しく与えられた役割を頑張ろうと素直に思えた。

二重の意味で娘となったユリアをみなと同じく柔らかな眼差しで見つめていたコルネリアは、ふと娘の隣に視線を移して白けた顔になった。その目を向ける先に座っているのはベルンハルトである。

「ずいぶんと緩んだ顔をしているのね、ベルンハルト？」

「そうでしょうか？　自分の結婚を祝福されているのですから、これくらいは普通ではありませんか？」

「あなた、自分が日頃どれだけ無表情か自覚がないの？」

息子がしれっと返すので、コルネリアはため息をついた。

一体どんな顔をしているのかと、ユリアがこっそり横目で確認しようとすると、ベルンハルトとすぐさま視線がばっちりとぶつかる。そうすると彼は幸福感に満ち満ちた笑顔をさらにとろけさせるものだから、ユリアはどうにも恥ずかしくなってぷいと目を背けてしまう。傍らから残念そうな空気が漂ってくるのがたいへんいたたまれない。

「……ユリアのことをやたら溺愛しているのは分かっていたつもりだったけれど、ここまでだとはね。最終的に二人にとってよい結果に結びついたからよかったものの、今回の件で私も反省したわ。ベルンハルトに屋敷とユリアのことをなにもかも任せすぎだったって」

コルネリアはそう言って肩を落とす。

「まさかベルンハルトが使用人に勝手な命令を出していたうえに、ユリアを別邸に閉じ込めるなんて……息子がこんな馬鹿なことをしでかしているのに気づけなかった自分が情けないわ」

彼女は〝馬鹿な〟の部分を強調しつつ、険しい表情で息子を睨みつける。

ベルンハルトもそれについては自分の非を認めているらしく、反論するようなことはせず、降参と言わんばかりに軽く手を振った。

「母上、その小言はもう十分聞きました。せっかくの祝いの席なので、今夜は控えていただけると」

「……それもそうね。こんな辛気臭い話をしてたんじゃ、せっかくの料理も美味しくなくなってしまうわ」

「では、そろそろ始めようか？」

妻と息子の会話に声を抑えて笑いながら、クラウスが赤いワインの注がれたグラスを持ち上げる。あわせてユリアたちもおのおののグラスを手にとった。

「我が家に新しく誕生した若き夫婦の輝かしい未来を祝福して。今夜は久しぶりにゆっくりと家族の時間を過ごそう」

初めて飲んだワインの味は渋くて美味しいのかよく分からなかった。だが、酒気がもたらすふわふわとした高揚は心地よく、ユリアはいつもより饒舌《じょうぜつ》に語り、たくさん笑った。

楽しい団欒《だんらん》の時間は、またたく間に過ぎていった。

「お義兄様《にい》はお母様に叱られたの？」

晩餐《ばんさん》の席で話題に出た小言というのが気になって、ユリアはその夜、寝台に寝転がりながらベルンハルトに尋ねた。

ちなみに、二人は数日前から一つの寝室で就寝するようになっている。正式なお披露目こそまだ先であるものの、コントラクトを結んだ時点でヴァンパイアの社会では立派な夫婦とみなされるからだ。とはいえ、本当にただ一緒に眠っているだけだったが。

目元に落ちかかる長い黒髪を、同じ寝台に乗ったベルンハルトがそっと耳にかけてくれる。その指の動きがさり気なくも心地よくて、ユリアはつい笑みを浮かべてしまう。

彼は少し考える顔つきになって、すぐになんのことを指しているのか気づいたようだ。

「ああ。コントラクトを結んで毒の症状が治まったあと、僕は体力が尽きて丸一日寝台から起き上がれなかっただろう？　ユリアが眠っているときに、母上が少しだけ付き添ってくれたんだが、僕がユリアにしたことを延々と非難してくれてね。あれは参った……。非難というか、もはや罵倒だったな」

二人の母であるコルネリアはたおやかな美女であるが、苛立ちを募らせると美しい笑顔で相手をあげつらうので、病み上がりの身体でそれを受け止めるのは相当こたえたことだろう。

ベルンハルトの弱った表情を見て、少しは反省したのかしら、などとユリアは思う。

いい機会なので自分も一言言ってやろうと上体を起こし、彼と向き合う位置に腰を落ち着けた。そしてツンと顎を持ち上げる。

「お義兄様《にい》が悪いのよ。眠っている間に連れ去って軟禁するなんて、信じられないわ。使用人たちが私と口を利かないようについていたっていう嘘も。私がヴァンパイアを怖がってるですって？屋敷の人は全然怖くないのに！　ひどいわ」

腕を組んでぷんぷんと怒りを表す。

ユリアが義兄にこんな態度をとるなどかつてないことだったが、それだけにベルンハルトには効果てきめんだったようだ。彼はいかにもしょんぼりとした様子でうなだれる。

「ごめん。僕が悪かったよ、ユリア。反省している。もう二度としない。許してほしい」

その許しを求める様は、謝罪のために持ち合わせているであろう語彙のおよそ全てを並べ立てようとするかのような勢いだ。

ほかの誰に対してもこんなふうにおもねったりはしないだろうに、しおらしく平伏する姿がなんとなく可愛らしく思え、ユリアはすぐにでも許してあげたい心持ちになってしまう。

しかし、ここで流されてはいけないと思う。今後のためにもきちんと話し合っておく必要があるだろう。

ユリアは組んでいた腕を下ろす代わりに、ベルンハルトの顔を覗き込んで目を合わせ、静かに口を開いた。

「……私、お義兄《にい》様に自分の意思を蔑《ないがし》ろにされたみたいで悲しかったわ。お義兄《にい》様に依存しきっていた私の態度が、お義兄《にい》様の行動を助長した側面も確かにあったのだとは思うけれど……」

そこは自分も反省しなければならない。だが、この家に引き取られたときからずっと、ユリアには彼の影響下から逃れるすべが与えられていなかった。だから、どうやっても自分一人の力では、囲い込まれたあの鳥かごから脱することはできなかったのだ。

「どうしてあんなことをしたの？　私をほかの人にとられたくなかった？　お義兄《にい》様がどうしたいのか、もっと真摯《しんし》に気持ちを打ち明けてくれてたなら、私だって別の選択ができたかもしれないわ。闇雲に逃げようとするんじゃなくて」

ノエルに言われて義兄から距離を置こうとしたときも、フランツィスカの策略にはまって別邸から逃げ出したときも、ユリアはその選択をする前にベルンハルトともっと話をするべきだった。なのに、そうせずに決断を急いだのは、彼に相談すればきっといいように丸め込まれてしまうと無意識に悟っていたからだ。

ベルンハルトはいつだって一人でなんでも決めてしまう。

難しい判断は彼に任せ、安全な屋敷で守られて生きてきたユリアは、いざというときに相手を説得してでも自分の意見を通すということをしたことがなかった。

口先ではベルンハルトにどうやったって敵わない。だったら逃げるしかない。

義兄と真正面からぶつかることを恐れるがゆえに、そう短絡的に考えてしまったのだ。

「その……すまなかった、ユリア。本当に……」

もう一度謝罪を口にしたベルンハルトは、眉を寄せて悩ましげにうめいた。

「どうして、か……。過ちを犯したあとで、そのときの心境をあらためて説明するというのは、いたたまれないものがあるな……」

本当に戸惑っているのだろう。視線を落とした彼は難しい顔をしている。それでもユリアの疑問に真摯《しんし》に向き合おうとしてくれているらしく、やがてぽつりと言葉を落とした。

「最初は、君を守りたい、ただそれだけだったんだ……」

そう言った彼は、すぐに自嘲するように表情を歪める。

「だが、いつの頃からか、その役割に……固執、していたんだろうな。それくらい僕は絶望していたんだ。君とコントラクトを結べないことに」

「——コントラクト？」

ここでそれが出てくると思っていなかったユリアは瞳をまたたかせる。

「お義兄《にい》様は、フランツィスカ様との婚約を受け入れてたんじゃなかったの？　絶望なんて、そんな素振り、全然……」

ユリアのその反応に、ベルンハルトは苦笑した。

「ああ、確かに受け入れていたよ。ウィスカー家との話し合いの席でユリアも知ったと思うけれど、あの婚約は君の拒血症の治療と引き換えに結ばれたものだ。そのときの僕はユリアを守るために必死で、その条件を容易《たやす》く受け入れた。最近まで反故《ほご》にする気もなかった。……反故《ほご》にしたところで、欲しいものは手に入らないと分かっていたからね」

当時の感情がよみがえったのだろうか、彼の表情が暗く陰る。口調には切なげな響きが交じった。

「自分が君を一人の女の子として愛していると気づくのにさして時間はかからなかった。この子を生涯の伴侶にしたいと、誰かに対して思ったのは初めてだった」

俯《うつむ》きがちだったベルンハルトの瞳がそのときだけは真っ直ぐにユリアを捉えた。

じわりとした感慨が全身に広がり、ユリアの胸が震える。

――私はちゃんと、お義兄様《にいさま》に女性として愛されていたんだわ……

義兄が自分に向ける愛情の深さは、もはや疑ってなどいなかった。だが果たしてそれは、家族に対するものなのか、異性に対するものなのか。それは、コントラクトを結んでからずっと尋ねたくても尋ねられずにいたことだ。

願ったとおりの答えを与えられ、心はたちまち舞い上がりそうになってしまう。

だが、今はそういう場面ではないと自制する。当時の義兄の気持ちを思えば、胸が痛くなるのも事実だった。

「想像できるかな、ユリア。ヴァンパイアが――その長の一族に生まれた、生粋《きっすい》のヴァンパイアである僕が、唯一伴侶にしたいと自ら願った相手は、どうやってもコントラクトが叶わぬ猛毒の血を持つ子だった。それに比べたら、フランツィスカとの婚約なんて大した障害じゃない。愛する者とコントラクトを結びたいと願うのは、ヴァンパイアの本能であり、生きる意味だと言ってもいい。至上の幸福という表現は間違いじゃない。――僕は、君への愛を自覚すると同時に、その幸福が決して手に入らないことも理解したんだ」

彼が語っているのは、すでに過去となった出来事だ。今の二人はその障害を乗り越え、コントラクトを結んでいる。

それでも、まばたきで涙を散らさなければならないほどに、ユリアの感情は揺さぶられた。だってそのつらさは、自分にも少なからず覚えのあるものだったから。

『ユリア、契約は、契約だよ。尊いもなにもない。あんなのはただ血を交換するという物理的な行為でしかない』

ベルンハルトにそう告げられたのは、フランツィスカに遠慮してユリアが彼から離れようとしたときだった。もしかしたらその台詞《せりふ》は、彼がかつて自分自身に言い聞かせたものだったのかもしれない。

「たぶんそこから歪んでいってしまったんだろうな。コントラクトが叶わないのなら、ほかのあらゆる方法で君を僕のものにしたかった。そのために、どうすれば君を永遠に僕に縛り付けておけるかをいつも考えていた。君を別邸に閉じ込めてからは、フランツィスカから吸血しなくても済むよう、ウィスカー家の管理する非常時用の血液を入手できないか画策していたくらいだ。――それでも、信じてほしい。君の自由を奪うことまでした僕だけど、君への愛は本物だ。愛しているんだ。どうか僕の妻になってほしい」

差し伸ばされた手がユリアの頬をそっと包んで、親指が唇をなぞる。火傷《やけど》しそうなくらいの情熱を宿した瞳に一心に見つめられ、胸が詰まるほどの歓喜に呼吸が震えた。

答えを返そうと口を開きかけて、しかし、どう応じるのが正解なのか分からず声を発するのを躊《ちゅう》躇《ちょ》する。

なんと言えば、この胸に溢れる想いの全てを伝えられるのだろう。

自分も同じ気持ちなのだと。あなたを愛しているのだと。そして、あなたに愛されていることがこのうえなく嬉しくて、幸せなのだと。

――どうしたら、分かってもらえる？

「……そ、そんなこと言って、私がいやって答えたら、どうするの？　コントラクトはもう結ばれているのよ。私はすでにお義兄《にい》様の妻だわ」

相応しい言葉を探しあぐねているうちに口から飛び出したのは、彼を試すような質問だ。

しまった、と思ったときにはすでに遅く、ベルンハルトの瞳はみるみる生気を失い、この世の終わりのような悲愴《ひそう》感に染まった。

頬に触れた手がゆるゆると下ろされる。

「そうなったら……もう、ユリアには二度と触れない。コントラクトを解いてやることはできないが、なるべく君の人生を邪魔しないように適切な距離を置く……そうするよう努力する」

「そんなのダメよ！」

ユリアは思わず叫び、己の迂闊《うかつ》な発言を猛省した。

ほんの仮定の話でも、別れを匂わせることを彼の口から聞かされるのは、想像以上に胸に刺さった。たとえ一瞬でも相手にこんな悲しみを味わわせることは言うべきではない。

ユリアは互いの間にあった距離を自ら詰めて、大きな身体にぎゅっとしがみつき、その首元に頬を擦り寄せた。

「いやなんて、言うわけないわ。私だって、お義兄《にい》様のことを愛してるのよ。ねえ、だから、二度と私の気持ちを無視しないで。嘘をつかないで。私のために……命を投げ出すこともしないで」

「最後はむしろ僕がユリアに言いたいことだよ」

「う……」

そう返されるとユリアはぐうの音も出ない。

自分もあのときベルンハルトをかばって矢を受けたのだから、お互い様だ。そして二度としないと約束できる自信もない。

「……なら、最後はいいわ。ほかは約束」

「分かった、約束する。誓う」

「うん……」

確かな返事を受け取ると、ユリアは抱きしめる腕にひときわ力を入れて、それから少しだけ身体を離した。そうすると、ベルンハルトの端整な相貌《そうぼう》が眼前に現れる。

胸がドキドキと高鳴っているのが分かった。ユリアは騒がしく鼓動するそこを両手で押さえつつ、潤んだ瞳のままじっと彼を見上げる。

「だったら、いいわ。――私を、お義兄様《にいさま》の妻にして……？」

緊張しすぎて、全身の肌が真っ赤に染まっていそうだ。それでも大切な言葉だから、目を逸らしたくはなくて、ただ彼の反応を待った。

ベルンハルトはかすかに目を瞠《みは》り、口元を押さえてじわりと頬を染めた。

――お義兄様《にいさま》が、赤くなったわ。

そんな感動も束の間、その瞳に灯った熱がかすかに色を変えたように見えて、ユリアは内心で首を傾げた。なんとなく後ずさろうとするが、腰はすでに彼の腕の中に捕らえられていた。

そのままぽすんと柔らかい寝台の上に押し倒される。

「お、お義兄様《にいさま》……？」

「分かってはいるんだ。ユリアは単に、妻になってほしいという僕の願いに応えてくれただけだって」

ベルンハルトが弁解のようにそう口にする。

「それでも、ちょっと……煽《あお》られる、というか……いや、今夜はもともとするつもりではいたんだけど……」

煽《あお》られる、という言葉の意味は分からない。だが、彼がなにをしようとしているのかはなんとなく察することができた。

だって、この体勢はまるで、別邸で何度も繰り返したあの淫猥《いんわい》な行為を始めるときのようで。

「その……する、の？　あれを……？」

シーツの上に組み敷かれたままユリアはおそるおそる尋ねてみる。

「ああ、したい。……ユリアは、いやか？」

ベルンハルトの懇願するような眼差しにユリアは息を呑む。少し掠《かす》れた声が、徐々に高まりつつある彼の興奮を伝えていた。

今夜はまだキスもしていないのに、どうして？

そう思う自分も、なんだか身体の奥が疼《うず》くような切ない気分になっている。

しかし、ユリアはこくんと小さく首を縦に振った。気が進まない、という意味で。

「私……あれ、あんまり好きじゃないわ……」

「え」

ベルンハルトの麗《うるわ》しい顔が、ひどく衝撃を受けたように硬直した。

「どうして」

「……なんだか、とってもはしたない気がするんだもの。欲望をぶつけ合うみたいで。お義兄《にい》様は夫婦が愛を確かめ合う行為だって言ったけれど、とてもそうは思えないわ。獣にでもなったみたい。……お義兄《にい》様にそんなところ、見られたくないの」

軟禁されている間は思考も感情も麻痺させていたから、むしろ積極的に欲望を追い求めることができた。けれど、あのときの自分の振る舞いを思い返すと卒倒しそうになる。あまりにも恥ずかしくて、あんな行為は二度とせず、永遠に記憶を封印しておきたいくらいだった。

ううん、とベルンハルトが喉を鳴らして瞑目《めいもく》する。

「ユリアがそう思ってしまうのは完全に僕のせいだな……。ただ、これは分かってほしいんだけど、僕はどんなユリアも可愛いと思っているし、ユリアの乱れた姿を見るのは、すごく好きだ」

「す、すごく……？」

ベルンハルトは力強く頷いた。そしてその紅《くれない》の瞳を妖《あや》しく光らせる。

「君の乱れているところが見たい。……お願いだ、ユリア」

「ん……っ」

耳たぶに低く囁く吐息が触れて、ユリアの身体がぴくんと震えた。

いつの間にか腰の下に潜り込んでいた彼の手が尻の肉をやわく揉む。その手付きがなんとも淫靡《いんび》で、ユリアは身じろぎした。

悦《よろこ》んでいるような反応を示してしまったことに気づき、かあっと顔が火照《ほて》る。すかさずベルンハルトの優しい声が耳に流し込まれた。

「大丈夫だよ。恥ずかしくない。ユリアの感じている姿は綺麗だ。僕にもっと見せて……？」

「あっ……」

彼の唇が愛でるように首筋を滑り降りていく。時折リップ音をたてて甘く食《は》まれる。そうされるとじんと痺れるような高揚を覚えて、自分の吐息が徐々に熱くなっていくのが分かった。

しゅるり、と衣擦《きぬず》れの音がして寝間着の裾をたくし上げられる。大胆に肌をあらわにされて、あどうしよう、とユリアは涙目になった。

それでも抵抗することはかなわない。ベルンハルトが怒ったユリアに降参するしかなかったように、ユリアも彼のお願いには抗えないのだ。

長く優美な指が爪の先でそっと脇腹のあたりをくすぐってくる。ぞわりと肌に広がる感覚が、ぞくんと背すじを駆け上がる気持ちよさに変換され、一瞬腰が浮いた。

「ぁ、んっ……お義兄《にい》様っ……キスは……？　しないの……？」

彼の唾液を飲めば、その催淫作用で少しは恥ずかしさも紛れるはずだった。

なのにベルンハルトが与えてくれたのは、表面を触れ合わせるだけの軽いキスだった。

「もっと……」

その後ろ髪に手を差し込んで、離れていく頭を引き戻そうとすると、ベルンハルトは苦笑しつつユリアの唇に人差し指を押し当て、その動きを制した。

「今夜は、そういうのはなしでしよう。ありのままのユリアで僕を感じてほしい」

そう言って額にキスを落とす。

もしかすると先ほどユリアが口にしたことを気にしているのかもしれない。

深い口づけをすれば、ヴァンパイアの身はたちまち快楽に溺れてしまう。それこそ本能の働きで、獣のように。

だからと言って、理性を保ったまま少しずつ愛欲を引き出されていくというのも、それはそれでよくない気がする。じわじわと追い詰められた先ではしたない姿をさらしてしまっても、言い訳ができないではないか。

しかし、ベルンハルトはもう今夜はそうすると決め込んでしまったようだ。自分もユリアの体液を口にするつもりはないらしく、鎖骨にちゅっと唇を押し当てても、舌を這わせることはしない。汗を摂取しないように細心の注意を払っている。

流れるような動作で寝間着と下着を奪われると、ユリアはもはや身を委《ゆだ》ねるほかなかった。シーツの上に横たわって、おうとつの少ない身体をじっと差し出す。

完全なヴァンパイアに変異した今でもユリアの体形は以前と全く変わっていなかった。一見細身のようで出るところは出ているというのが一般的なヴァンパイア女性の特徴だが、コントラクトによって外見まで変化することはないらしい。

すでにベルンハルトには幾度となく裸体をさらしてきたのに、妻という立場になってあらためて自分の子供っぽい身体つきを見下ろすと、ユリアはひどく申し訳ない気持ちになった。

彼の肌はまだ大半が寝間着の下に隠されているが、その裸体も彫像のように美しく引き締まっていることをユリアは知っている。それを目にするたびにドキドキして直視できないほどだというのに、自分の裸で相手に同じように感じてもらえないのはとても残念なことだった。

ユリアはにわかに落ち込みそうになったが、意識して気分を切り替える。今夜は特別な夜だから、後ろ向きな感情はできるだけ忘れていたい。

「ユリア」

妻の名前を呼び、もう一度唇にキスしたベルンハルトは、待ちかねたと言わんばかりの性急さで、けれどガラス細工を扱うように丁寧にユリアの身体を愛撫しはじめる。

「あっ……はぁ……お義兄様《にい》……っ」

こらえることもかなわず、熱いため息が次々とこぼれ落ちていく。

彼は妻となった女性の形を確かめるように、ユリアを織りなす曲線を一つ一つ丹念になぞっていった。首筋から肩へ、肩から腕へ。その手を口づけが追いかける。

胸を覆っていた腕も取り払われて、二の腕から手のひらまで順に柔らかな唇が触れる。それが済むと、乳房をやわやわと揉みしだかれる。

「あっ……あっ……やあん……」

膨らみの周縁に添えられた指が、ゆるゆると双丘を揺らしながらゆっくりと頂点に近づいていく。だが、乳首にはまだ触れてもらえない。頂きにたどり着く直前で彼の手は再びふもとに戻ってしまう。

与えられるはずの刺激を期待して、中央のそれはすでに硬く張り詰めていた。

そこが敏感でとても感じやすいことをユリアはちゃんと覚えていた。だから早くいじってほしいと心の中で強く願ってしまう。

なのに、ベルンハルトは巧みにそこを避けてこちらを焦らした。

ふふ、と笑う吐息が胸の谷間に当たる。

「腰が動いているね、ユリア」

「……っ、お義兄様《にいさま》が、いじわるするから……！」

「いじわる？　心外だな。今夜はじっくりと君を愛でようと思っているだけだよ。僕の愛を分かってもらうためにね」

やはり先ほどの発言を根に持っている。

「愛を確かめ合う行為だなんて思えないって言ったのは、謝るわ。お義兄様《にいさま》の愛は十分すぎるほど分かって――んんっ」

立ち上がった先端を唐突につままれて、ようやくもたらされた鮮烈な快楽にびくびくと震える。

ベルンハルトは愛おしげに目を細めてくりくりとその突起を弄《もてあそ》びながら「それだけじゃないよ」と続ける。

「今夜はユリアに僕を受け入れてもらわないといけないからね。しっかりほぐさないと」

「っん、はぁ……受け……入れる……っ？」

「そう。僕の子種を注ぎ込むんだ。ここにね」

そう言って、ユリアの平らなお腹に頬を擦り寄せる。とりわけその下腹のあたりに。

子種、注ぎ込む、ほぐす——その手がかりが、ユリアの中でばらばらに存在していた断片的な情報を一つにつなぎ合わせた。

「こ、子種って——まさか、あれ……？　あれを、私のお腹に……？」

思わず身をよじり、義兄の股間に目を向けた。寝間着をまとったままでも、そこが大きく膨らんでいることは見て取れる。そう、とても大きい。熱く猛《たけ》ったそれが吐き出す粘液を口で受け止めた夜のことは鮮明に記憶している。

子供が女性のお腹に宿ることは知っていたものの、どうやってその状態に至るのかという知識をユリアは持たなかった。幼い時分には義兄に尋ねたこともあったが、もっと大きくなってから教えてあげるよ、といつもかわされていた。そうしてある程度成長した頃には、すっかり己の運命を悲観して、コントラクトを結べない自分がそんなことを聞いたとて意味はないと、学ぶ機会を自ら放棄していた。ベルンハルトも積極的に教えようとはしなかったので、ついにそのままの状態で今日まで来てしまった。

だから本当に思いもよらなかったのだ。この愛欲にまみれた行為が子をなすものだなんて。

どのようにして男性が女性に子種を授けるのか、そのやり方を具体的に想像してしまい、ユリアが目を白黒させていると、ベルンハルトが正解だと言わんばかりに笑みを浮かべて、すでに愛液を滴《したた》らせている秘所に緩く指を挿し込んだ。

「ひゃんっ……む、無理よ……そんな大きいの、入る場所ない……ぁっ」

「大丈夫だ。ちゃんと入るように身体はできている。ゆっくり優しくしてあげるからね。ユリアは僕に身を委《ゆだ》ねてくれていればいい」

「やぁんっ……ぁ、お義兄様《にいさま》、お義兄様《にいさま》……んぅっ」

ベルンハルトは唇で胸の尖《とが》りを引っ張ったりねじったりしながら、秘部に挿入した指をゆるゆるとかき混ぜる。

義兄によって開拓された未知の場所は、自分ではどういう構造になっているのかさっぱり分からない。ただ、内部を探るように擦ったり押されたりすると、びくっととりわけ感じてしまう部分があった。彼もそれが分かっていて、次第に指は集中的にそこを攻めるようになっていく。

「ぁっ……ふっ……んぅっ」

「ユリア、気持ちいい？　中がすごくうねっている」

「うう……」

胸の膨らみや脚の間から快感がこみ上げるたびに、ほとんど無意識の動作でお腹にぎゅっと力がこもってしまう。体内に指を入れられていてはもはや反応を隠すこともできない。全ての感覚をベルンハルトに掌握されているような錯覚さえいだいてしまう。それは途方もなく恥ずかしいことのはずなのに、悦《よろこ》んでしまっている自分も確かに存在しているのだからたまらない。

目にかすかな涙を浮かべながら、ユリアはぎゅうとシーツを握る。

「……きもち、いいわ。それに、うずうずするの……」

「もの足りない？　指を増やしてみようか」

「んっ……あぁっ、あっ……お義兄様《にいさま》っ」

さらなる指が追加で挿入されて、内部の圧迫感が増す。

一瞬ぴりっとした痛みを覚えたが、それは本当に一瞬で、すぐに快楽へとすり替わってしまった。

新たに入れられたのは中指だろうか。最初の指よりも少し長くて、より奥まで開かれていくのを鮮明に感じ取る。その硬い指先でぐっと押されると、じわりと深い官能がお腹の底から湧き出すようだった。乳首や秘芽に触れられたときの強烈な快感とはまた別種の気持ちよさである。

「ああ、ユリア、可愛い……ユリア……ユリア……」

ベルンハルトが恍惚《こうこつ》と名を呼びながら、乳房の周りに口づけする。彼の瞳はいつの間にやら紅《くれない》から桃色に輝きを変えていて、愛欲に溺れつつあるのは自分だけではないと知り、ユリアは密かに安堵した。

「ユリア、好きだよ、愛している……」

うわ言のように呟いて、左胸の心臓の上のあたりを強く吸う。白い肌に真っ赤な跡がまるで花弁のように散らされた。

言葉と眼差しと愛撫、そのどれもで惜しみなく愛を注がれ、ユリアは身も心もどんどんとろけさせられていった。

ベルンハルトの指が内部で滑らかに動き、出し入れのたびに粘度のある水音が淫らに耳を犯す。

きっとその場所はすでに大量の愛液を溢れさせて、ぐちゃぐちゃになっているに違いない。想像するだけでまたそこがひくついた。

愛の言葉を聞かされながらお腹の奥にぐりぐりと圧をかけられると、ひときわ大きな快楽の波が止めどなく押し寄せた。それは否応なくユリアを押し上げてはるかな高みへひと息に連れ去ってしまおうとする。

「おにいさま、も、きちゃう……っ、私、へんになっちゃう……っ」

ユリアはベルンハルトの肩にすがりつき、全身を張り詰めさせる。

「ユリア、そういうときは、イクって言うんだ。言ってごらん」

優しく促しつつ彼の親指が硬くなった秘芽をそっと撫でる。

お腹の奥で熱い快楽が弾《はじ》けた。

「ん、あぁっ、イ、ク……イク、イクっ、ふ、ぁあ、ああ――――っ！」

がくがくと全身が痙攣《けいれん》して、頭の中が真っ白になった。

はぁ、はぁ、と荒く呼吸を繰り返すユリアの唇に触れるだけのキスをして、目元を赤くしたベルンハルトは陶然と微笑んだ。

「ああ、僕のユリアはとても可愛いな」

彼は唇を触れさせながら首元まで下りていくと、たどり着いたその場所に何度も執拗《しつよう》に口づける。

ちょうどそのあたりにあるのは、揃いのコントラクトの紋様だ。それに牙を押し当てて吸血を真似るような仕草をされると、そこから彼に血を与えるときのことを想像して、胸が苦しいほどにときめいた。

コントラクトを結んだ満月の夜から十五日後の新月が今夜だ。すなわち、ベルンハルトに初めて吸血してもらう日である。

「早くここから君の血を飲みたい」

欲望に濡れた声は低く掠《かす》れていて、お腹の奥がきゅんとする。イッたばかりの身体が再び熱を持ちはじめる。当然その反応は、そこに指を挿入したままのベルンハルトにも伝わって、彼はふっと微笑んだ。

「血でも性欲が刺激されてしまうかもしれないから、最初はなにも飲まないままつながろうか」

つながる、という具体的な行為を連想させる言葉にまたユリアは内部を締め付けた。

それに応えるように中で緩く指を動かされ、つま先にぎゅっと力がこもる。

「あっ……お義兄《にい》様……まだ、入れないの……？」

熱く充血したそこは蜜をとろとろとこぼして、もう十分すぎるほどに潤っている。二本の指を根本まで咥《くわ》え込んだ状態でも少し余裕があるくらいにはユリアも慣れてきていた。

もちろん義兄の屹立《きつりつ》はもっと太くて長いから、それを挿入されるのはやはり怖い。だが、早く彼とつながりたい気持ちがそれ以上に高まっていた。

ユリアは期待の眼差しでベルンハルトを見つめたが、返ってきたのは「まだだ」という答えだった。そう口にする彼も苦しげに目をすがめていて、欲を抑え込むのが相当つらそうなのに、その返答にはひと欠片《かけら》の迷いもなかった。

「ユリアのここは狭いからね。苦しい思いをすることが絶対にないように、念入りにほぐしておかないと」

そう言われた直後、ぐっと入り口が広げられる感覚があった。三本目の指だ。

ユリアが思わず身を縮こまらせると、あやすようなキスが身体中に降ってきて、四肢から力が抜ける。

「大丈夫だよ。ゆっくりするからね」

その言葉どおり、彼は時間をかけて三本の指を少しずつ中に馴染ませていった。その間も乳首を唇でいじられ、秘芽を親指の先で優しく愛撫されていたので、秘部が乾く暇もなくユリアは身の内を行き交う快楽の波に何度も身を震わせることになった。

「はっ……お義兄様《にいさま》、また……っ、また……イッちゃ、あ……っ」

「いいよ、ユリア。そのままイッて」

「あぁっ、は……あぁぁ――――っ」

背中を弓なりに反らせて、目も眩《くら》むような激しい絶頂に為すすべもなく感じ入る。

それに合わせてベルンハルトは内部を探っていた指の動きを一度止めた。そしてユリアの体内の熱が収まってきた頃にまた動かしはじめる。

ユリアがイクたびにそんなことを繰り返してもう四度目だった。彼は宣言を忠実に実行すべく念には念を入れて慎重に事を運ぼうとしているらしいが、さすがにこちらも焦れてきていた。

早くお義兄《にい》様のそれを受け止めたいのに――

そんな行為があるのだと今夜知識を得たばかりなのに、それを知ってしまうと、そして頭で想像してしまうと、渇望《かつぼう》する気持ちが怖いくらいにどんどんと降り積もっていく。

「お義兄《にい》様……っ、も、お願い……中、来てほしいの……っ」

とうとうユリアは半泣きでベルンハルトに抱きついてしまう。

お腹の奥がじんじんと疼《うず》いてたまらない。指で刺激されるのではもう足りなくて、ベルンハルトの雄々しいものでずんずんと突いてほしかった。

唾液を飲まされたわけでもないのに。淫らな欲望を告白して全身の肌が燃えるように熱くなる。だがそれ以上にもどかしさがまさって、目尻から涙が一筋伝った。

目の前の口角が愉悦にぐっと持ち上がる。

「そんなお願いの仕方を、どこで覚えてきたんだ？」

どこでもなにもない。ただ必死で、なりふりかまっていられないだけだ。

返事をする間すら待てなくて、ユリアはいまだ彼が着込んだままの寝間着の胸元を引っ張った。

早く脱いで、という無言の要求を正しく受け取ったベルンハルトは苦笑しつつも素早く衣服を脱ぎ去る。

膝を折り曲げてぐっと脚を開かされると、期待と緊張に胸が高鳴った。

「力を抜いて。全て預けて」

こめかみにキスされながら囁かれて、ユリアは首の動きだけで頷く。

いい子だ、というように髪に頬ずりされると、本当に身体から力が抜けていくのだから、彼に全て任せておけば万事うまくいくのだ。

丸い先端が濡れたあわいに押し当てられ、ベルンハルトがぐっと腰を進める。じっくりと慣らした甲斐あって、そこは素直に開き、彼の熱を受け入れた。

内側をみっしりと満たすものがずるりと肉壁を擦り上げながら、ゆっくりと最奥に到達する。その瞬間、総毛立つような痺れが全身を駆け抜けてユリアは身震いした。

「――あ、ぁあ……ッ」

「大丈夫かっ？」

焦ったように顔を覗き込まれて、こくこくと首を縦に振る。

「平気……っ、お義兄《にい》様の、すごく、熱い……んんっ」

二人の腰はぴたりと接したまま微動だにしていないのに、内部が勝手にうごめいてベルンハルトを感じ取ろうとする。ユリアはお腹の上からその場所を押さえた。

愛する人が自分の中にいる感触はとても生々しくて、無知な娘を圧倒するものだった。歓喜するかのような身体の反応に心のほうが驚いて追いつかない。

それでも――やはり嬉しい。幸せでたまらない。

ユリアは目に涙を浮かべながら義兄にすがりついた。

「ん、ぁ……おにいさま、ぁ……っ」

「ユリア……っ」

耳にかかる吐息がとてつもなく熱い。ベルンハルトの呼吸もまた切羽詰まったように乱れていて、動いて気持ちよくなりたい衝動を懸命に我慢してくれているのだと分かる。

「にい、さま……動いて、いいわ……」

ユリアがそう伝えると、はあ、と大きなため息が聞こえて、背中に回った腕の力がぎゅうと強くなる。

「まだ、ダメだろう……？」

確かにこの状態で本格的に動きだされたら大変なことになりそうだ。今でさえ感じすぎているのに、この先へ行ったらどうなってしまうのか想像もつかない。

だが、相手にばかり辛抱させるのもいやだった。幸い苦痛があるわけではないのだから、少し限度を逸脱したところで大した問題にはならないだろう。確証はなかったが、やや強引にそう思い込む。

「動いて……？　私、お義兄様《にい》にも気持ちよくなってほしいわ」

「ユリア……！」

叱るように名前を呼ばれたかと思うと、ベルンハルトの腰が軽く揺らされて、ぐりっと奥が圧迫される。

「あぁんっ……あ、はぁ……っ」

指を挿入されたときよりも大きく明確な官能がじんと全身に広がり、息が止まりそうになる。それでもやめてほしくなくて、引き締まった胴に両脚を巻き付けた。

「……くっ」

ベルンハルトのうめく声が隙間なく重なり合った身体を通して甘く響く。

次いで、ずるりとわずかに屹立《きつりつ》を引く動作のあとに、ずんと突かれた。息をつく間もなくそれは二度三度と繰り返される。一突きごとに動きは大きく力強いものになっていく。

「あ！　あぁ……っ、ん、ん……！」

目に中に火花が散るかと思うほどの、嵐のような快楽だった。

ユリアにできるのは、ただそれを享受することだけだ。

「は、ユリア……ユリア……くっ」

たまらなく色っぽい声でベルンハルトが耳元で名を呼ぶ。そのたびに胸がきゅんきゅんしてしまう。それは硬く滾《たぎ》ったものを包み込むそこの動きに直結して、またベルンハルトの唇から熱いため息がこぼれた。

ようやくつながることができた感激からか、限界が訪れるのは早かった。

「ひゃっ、ああ、ん、お義兄様《にいさま》っ、もう、私っ……イっちゃ……！」

「ああ、ユリア、僕もだ……っ、一緒にイこう……っ」

「うん、うん……っ、あっ、あぁっ、ああぁ――――っ！」

これ以上ないほどに全身が強張り、つま先がピンと伸びて、弛緩した。それと前後して、ベルンハルトもユリアを抱きしめたままうずくまるようにして動きを止める。

互いの荒い呼吸の音だけが、その場を支配していた。

しっとりと汗ばんだ広い背中から腕が滑り落ち、ユリアはシーツの上に力なく横たわった。

どちらも一言も発することなく、そのまま幾ばくか過ぎた頃、ベルンハルトがかすかに動いて、秘所に収まっていたそれを引き抜いた。

続けて首のあたりにずきりと痛みが走る。

――牙だ。

そう瞬時に察することができたのは、以前にも別の男にそこから吸血された経験があったからだ。

だが、そのときとはなにもかもが違う。

恐怖などは一切ない。あるのは心を震わせるような幸福感だけだった。

ごく、ごく、と液体を嚥下《えんげ》する音に、これほど胸を掴まれることがあるだろうか。

――お義兄様《にいさま》が、私の血を飲んでいる。

ずっと、ずっと、ユリアはこうしたかった。

ほんの二口飲んだだけで頭を上げたベルンハルトは、こちらの顔を見るなり、ふっと笑み崩れた。

「なにを泣いているんだ」

「だって……だって……」

必死にこらえようとしても、ぼろぼろと流れる涙は止められなくて、挙げ句に鼻水まで出てきそうになって慌ててすする。

ベルンハルトはそんなユリアの頭をぽんぽんと撫でると、己の首筋に引き寄せた。

「ほら、ユリアも飲むんだよ」

言われるがまま、眼前の滑らかな肌に己の牙を突き立てる。その際、彼の首に浮かび上がったコントラクトの紋様が視界に入って、目頭がさらに熱くなる。

夫婦になってから初めての吸血は、涙の味がした。それでも慣れ親しんだ義兄の味だった。

自分が誰かと血を分かち合うなんて、永遠に叶わない夢だと諦めていた。

なのに、あれほど願った行為を今、自分は愛する人としている。

これから先、ずっと死ぬまで、満月と新月が巡ってくるたびに二人はこれを繰り返すのだ。

その途方もない営みを思ってユリアは涙を流した。

「全く君は……」

ベルンハルトが呆れたように言って、そのあたりに脱ぎ捨ててあった上衣で義妹の顔を拭う。

「ごめんなさい……せっかくのお祝いの夜なのに……顔、ぐちゃぐちゃになっちゃ……っ」

「いいんだよ、そんなことは。どんなユリアも僕には可愛い。……キスしてもいい？」

日頃からユリアに甘い彼ではあるが、今夜はそれに輪をかけて甘い。

ちゅっと唇を重ねると、すかさず狭間から舌が割り込んできてユリアは驚いた。せっかく感慨に浸っていた気持ちが、流し込まれた唾液によって淫らな欲望に塗り替えられていく。

「お義兄様《にいさま》……？」

唇が離れたところで、少々性急なやりように疑問を口にしようとしたユリアに対し、ベルンハルトはそれは美々《びび》しい笑顔で言った。

「愛する妻が裸で寝台に横たわっているんだよ。一度だけで止まれるわけがない」

「……お義兄様《にいさま》は、私の裸になにも感じないんじゃなかったの？」

採寸のたびにユリアの下着姿を目にし、ときには肌に触れることさえあったのに、ベルンハルトはいつだって平然としていた。そのことは密かにユリアの自尊心を傷つけていた。

拗《す》ねているのが丸分かりの口調を恥ずかしく思っていると、吐息で笑った彼はユリアの頬に残る涙の雫《しずく》を指ですくってぺろりと舐める。

「君の肌に欲情しないように僕がどれほど涙ぐましい努力をしていたか、女性の君にはきっと分からないだろうね」

言いつつ、シーツの上に散らばった長い黒髪を一房拾い上げ、それに口づける。

「ようやくこの髪の一筋まで僕のものにできて、喜びを噛み締めているところだよ」

「……っ」

全身が茹《ゆ》だってしまいそうなほどのときめきを覚えて、ユリアは思わず顔を背ける。それからおそるおそる横目でベルンハルトのほうを窺《うかが》った。

「わ、私……お義兄《にい》様のもの……？」

「そうだよ。そして、僕も君のものだ」

夫婦になるとは、そういうことだ。

「――っ、やん」

どうやらベルンハルトがユリアの裸に興奮しているというのは真実だったようで、誤解が解けたと分かるや、彼は即座にその不埒な手を再び妻の身体に伸ばした。とはいえ、ユリアもユリアで唾液のせいで再燃した熱が体内でくすぶって仕方がなかったので素直にその愛撫を受け入れる。

ようやく本懐を遂げた彼の情熱がそう簡単に鎮まるはずもなく、その夜はほぼ徹夜に近い状態で翌朝を迎えることになった。しかし、完全なヴァンパイアとなった身体は一日くらい睡眠をとらなくても全く支障がなく、ユリアはあらためてその身が愛する人と同じになったことを実感した。

後日きちんと教わったところによると、ヴァンパイアの子供はコントラクトを結んだ男女が満月の夜に交わるとまれに女性の腹に宿るらしい。

だったら満月の夜以外に身体を重ねることに意味はないのではないか。

そんな無粋を言う気はもう起こらなかった。

欲望をぶつけ合う獣のようだという印象はやはりそのとおりだと思うが、それと同時に、抜き身の愛情を直接身体に注がれる行為でもあるのだということは、初夜でいやというほど理解させられた。

相手の一挙手一投足が愛を伝え、自身もまた愛で応える。

それはまさしく、夫婦が愛を確かめ合う行為だった。

エピローグ

「ユリア様、サンザシの収穫がひととおり終わりました」

背後からそう声をかけられたユリアは、ハーブを収穫していた手をいっとき止めた。

振り返ると、庭師のハンスが額の汗を拭いつつこちらにやってくるところだった。場所は温室内の一角である。差し出されたかごには、目に鮮やかな赤い果実が山盛りになっていた。

「色つやのいい実が多くて、よい出来ですね」

「ありがとう。これだけあれば、たくさん作れるわね」

「このあとは、いくつかの生薬や香辛料と合わせてワインに漬け込むんでしたか」

「ええ。去年までは砂糖を加えて乾燥させてたんだけど、私もようやくワインが飲めるようになったから。サンザシの実は不安な気持ちを和らげたり、血液循環を整えたりする作用があるのよ。うまくできたら、国の診療所にもおすそ分けして、効果を試してもらいたいと思ってるの」

ユリアが嬉々として語る薬の話にハンスは深く頷きつつ耳を傾けている。庭師を生業《なりわい》にしているだけあって、植物に対する興味はユリアにも劣らない。

そんな彼とこれほど言葉を交わすようになったのはつい最近のことだ。それまでは会話はおろか、その姿さえ遠目に見たことがある程度という稀薄な間柄だった。

それもこれも、ベルンハルトの出した命令のせいである。抜かりない義兄は温室でユリアと遭遇する可能性のあるハンスにも義妹に近づかないようにときっちり言いつけていて、真面目かつ屋敷の庭を知り尽くした彼はそれは見事なまでに身を隠してユリアとの対面を回避してみせた。

温室の植物への水やりという重労働を引き受けてくれていた相手に対して感謝を述べるどころか、そばに寄せ付けようともしない自分の態度はどれほど感じ悪く見えていたことだろう。全てが明るみに出たあと自分の行いに気づいたユリアは真っ青になったが、救いだったのは、彼があまり些事《さじ》にこだわらない朴訥《ぼくとつ》な人物だったことだ。その関心はもっぱら庭園の植物たちに向けられていて、彼にとっては自分が働く屋敷の娘がどんな人かよりも明日の天気のほうがよほど重要らしい。

収穫した種々のハーブとともにサンザシの実を調理場に運んでおくようハンスに頼んだユリアは、その背中を見送る。そうして温室に一人残ると、天井のガラス越しに太陽の姿を探した。

今日、正午を知らせる宮殿の鐘の音に合わせ、エスカーの港から一隻《せき》の船が出る。その前に人と会う約束をしているのだ。

最奥の広場に移動して、目についた雑草を取り除きながら待っていると、間もなくその人――ノエルが姿を現した。輝く金髪と爽やかに整った顔立ちが相変わらず目を引く。彼とはしばらく会っていなかった。護衛としてついてもらい、長い時間をともに過ごした日々もすでに遠ざかりはじめている。

ユリアはその服装に視線を移して、感慨深く目を細めた。

長身の体躯《たいく》をすっぽりと覆っているのは、丈夫そうな布地でできた黒い外套《がいとう》だ。少し重苦しい見た目ではあるが、これからの季節、雨や寒さから身を守るためには必須の装備である。腰には剣を佩《は》いていて、ちょっとした外出というには大きすぎる荷物を背負っている。要するに完璧な旅支度の装いなのだ。

ユリアはスカートについた土埃《つちぼこり》を払い、彼の前に立った。

「エスカー国を、出るそうね」

「はい」

微笑みを浮かべてはみたものの、答えを聞くとつい視線を揺らしてしまって、にじみ出る寂寥《せきりょう》感は隠せなかった。ノエルはユリアにとって数少ない――もしかしたら唯一と言ってもいいかもしれない友人だから。

彼の表情にもどことなくしんみりとしたものが漂っていて、同じ気持ちでいてくれているのかと思うと少しだけ気持ちが慰められた。それでも決意は揺るぎないようだ。

「もともと私はこの国の者ではありませんし、長居するつもりもありませんでしたから。ただ、己に流れるヴァンパイアの血がどんなものなのか、知っておきたかっただけなのです」

「……この街は、合わなかった？」

ユリアの問いに、ノエルは逡巡《しゅんじゅん》する。だが、それもほんのわずかな時間だけだった。

「そうですね。ユリア様も身をもってご存知だと思いますが、ヴァンパイアは排他的な種族です。混血であることを隠していても、感覚や考え方の違いは何気ない日常の中にこそ表れるものです。私はこの街に馴染むことはできないと思います」

そのきっぱりとした言い方から、もうそれは彼の中で動かしがたい事実なのだと悟る。

残念ではない、と言ったら嘘になる。だが、ノエルの口にしたことも間違いなくヴァンパイアという種族の一面ではあった。そして、合う合わないという相性は良し悪しとはまた別個に存在する問題で、ユリアにはどうにもできないことだ。

「……寂しくなるわ」

「そう思っていただけるのは嬉しいです」

短い言葉で応じ、ノエルはただ穏やかに微笑んだ。

それからユリアの背後に視線を移した彼は、数歩下がって温室の中をぐるりと見渡す。

ベルンハルトによって護衛の任を解かれたノエルは、ユリアが完全なヴァンパイアとなったあともともとの職務に戻ることはなく、今日まで街の狩猟隊などに参加しつつ暮らしていたらしい。だから、彼がここにやってくるのは夏以来のことだった。

「ユリア様は、完全なヴァンパイアになっても薬草の栽培を続けるんですね」

ユリアは、ああ、と彼の疑問の意味を理解する。そもそも薬草を育てるようになったのは、自分の病気がちな体質を少しでも改善したかったからだ。だが、ヴァンパイアとなった今は健康そのもので、以前ほど体調管理に気をつけなくとも日々の活力は泉のように湧き出してくる。それはちょっと感動するほどに。

ユリアは先ほどハーブを摘んでいた一角に目をやり、苦笑する。おそらく収穫した葉のほとんどは、自分以外の誰かが使うことになるだろう。

「確かに、自分のために薬を調合する必要はもうないかもしれないわ。でも、実母《おかあさま》と私を結びつけるものは、もうこれしか残ってないから」

自分の中にあった魔女の血は、完全に消えてしまった。実母が残してくれた秘薬もなくなってしまった。引き換えに、愛する人の伴侶として生きる生涯を得られたのだから後悔はない。それでも、喪失感を覚えないわけがなかった。

「それに、今のこの身体はヴァンパイアそのものでも、自分は魔女の娘だという誇りはあるのよ。ほとんど独学だけど。私の薬の知識がこの国のために役立てられるかもしれないの。温室だって、せっかくお義兄様《にい》が与えてくれたんだもの、活用しないでおくのはもったいないわ」

熱を込めて語ると、ノエルは微笑ましそうに目元を緩ませる。その眼差しが少しくすぐったかった。

「ユリア様が前向きな気持ちを持てるようになったのはとてもよいことだと思います」

しみじみと頷いてから、彼はふと地面に視線を落とした。

「それにしても、ここは以前とあまり変わりありませんね。ユリア様が別邸に囚われている期間は長かったので、さぞかし荒れているだろうと想像していたんですが……庭師が世話してくれていたんでしょうか?」

その質問にユリアはくすくすと笑ってしまう。ノエルはよく草むしりを手伝ってくれていたので、少しでも放置すると大変なことになるという実感が強く残っていたらしい。

ユリアは「それもあるわね」と同意してから種明かしをする。

「実は、私が不在にしている間、温室を見てくれていたのはお義兄《にい》様だそうなの。といっても、雑草の引き抜きまではとても手が回らなくて使用人たちもたくさん手伝っていたみたいだけど。それに、さすがのお義兄《にい》様も植物の栽培のことは分からなくて、結局ことあるごとに庭師を呼び出してはあれこれ尋ねていたみたいね」

慣れぬ作業に戸惑いながらちまちまと植物の手入れをするベルンハルトの姿を想像すると少しおかしい。それでも、寝る時間もないくらいに忙しい中、ユリアの大切なこの場所を一生懸命守ってくれていたのだと思うと、胸が温かくなる。

そんなユリアを目にしてノエルは気まずそうに視線を逸らした。

「結局、私のしたことは、お二人の間をかき乱しただけのようですね……ベルンハルト様はユリア様のことをちゃんと愛していらっしゃった。なのに私は、ユリア様をお守りするどころか、フランツィスカ様にあっさり騙されてお二人を危険な目に遭わせてしまって……情けないです……」

よほど落ち込んでいるらしく、悄然《しょうぜん》とうなだれる。

彼もヴァンパイアの血を引いているため年齢不詳なところがあるが、おそらく歳はユリアとあまり変わらないのだと思う。親とはなんらかの事情で離別して、その強さだけで一人で大陸を渡り歩いてきたのだとしたら、フランツィスカのような富を持つ者が人を陥《おとしい》れるために巡らせる謀《はかりごと》に疎《うと》くても仕方がないだろう。

「気にしないで。私、ノエルの存在はいいきっかけになったと思っているの。最終的にはフランツィスカ様から秘薬を取り戻せて、お義兄《にい》様ともコントラクトを結べたんだから。きっとノエルがいなかったら、私もお義兄《にい》様も互いに気持ちを打ち明けられないまま一歩も動けなかったと思うわ。だから、本当に感謝してるのよ？」

それは嘘偽りのない本心だった。ユリアが顔を覗き込んで告げると、ノエルは自責するような表情を少しだけ和らげた。

「……フランツィスカ様と商人は、処罰を受けたんですよね」

「……ええ。フランツィスカ様はこの先二十年はウィスカー家の屋敷から出られないそうよ。商人のほうは——魔女の秘薬の情報を知りうる限り吐かせたあと魔獣の餌にしたって、お義兄《にい》様は言ってたわ。たぶん、所持品を全て取り上げて極北の森に追放したんだと思う」

「餌……」

ひ弱な人間が獰猛《どうもう》な魔獣に捕食されるところをまざまざと頭に思い描いてしまったのかもしれない。ノエルは遠い目をして呟き、すぐに気を取り直して別のことを尋ねた。

「秘薬の情報を吐かせたというのは？　秘薬は使い切ったし、ユリア様の魔女の血は失われてしまったんですから、もう関係がないのでは？」

「私の両親の安否を確かめようとしてくれたみたい。両親って言ってもクニューベルのお父様とお母様じゃなくて、実母と実父のほうなんだけど」

「実のご両親はエスカー国の外で暮らしていらっしゃるんでしたか」

ユリアは頷く。

「魔女の秘薬を求める者は多いから、逃亡しながら暮らしているのよ。お父様とお母様はコントラクトを結んでいなくて、お母様の身体は瘴気《しょうき》の森の魔女のままなの。秘薬を作ることができるから、もし二人が捕らえられるようなことがあったら、きっと商人は情報を掴んでいるでしょう？」

「なるほど……結果は？　どうだったんですか？」

ユリアは静かに首を横に振る。

「商人は大した情報を持っていなかったみたい。だからきっと、お父様とお母様は、無事」

口にしつつ、曖昧に表情を歪める。

おそらくそれは、希望的観測に過ぎないのだろう。だが連絡をとる手段もない今、ユリアにできるのは不確かな手がかりから彼らの状況を推測することだけだった。だから、ただ元気でやっていてくれることを祈るほかない。

そんな心もとなさはノエルにも伝わってしまったらしい。二人の間に半端な沈黙が流れ、ユリアは耐えきれずに俯《うつむ》いた。彼が口を開いたのはその直後だった。

「ユリア様の実のお父様は、黒髪に紅《くれない》の瞳をしたヴァンパイア、なんですよね？」

「――え？　ええ……」

実父もまたクニューベル家の一員だから、その外見的な特徴はしっかりと備わっている。

どうして急にノエルはそんなことを尋ねるのだろうか。それを知ってどうしようというのだろう。

答えは問うまでもなく与えられた。彼が名案を思いついたとばかりに明るい顔で語りだしたからだ。

「私はこれから南の国に渡ります。人間の国はさまざまな種族が入り交じっているので、私のような半端者も受け入れてくれるでしょう。しばらくいろんな国を旅して、居心地のいい場所を探すつもりです。――だから、ユリア様のご両親とも、巡り会うことがあるかもしれない」

ユリアははっと口元を押さえる。

ノエルの提示したそれは、すぐさま飛びついてしまうには躊躇《ためら》いを覚えるほどの夢物語だった。

この世界がどれだけ広くて、どれだけたくさんの国があって、どれだけ多くの人が生きているのか。考えるだけで途方もない気持ちになるというのに――

それでも、非現実的だと切り捨てるにはあまりにも素敵で、ユリアの声は震えた。

「そ、んなこと……本当に、あるかしら。きっと、とても確率が低いわ。奇跡みたいに……」

「でも、ないわけではないでしょう？　もし見つけたら、お伝えしておきますよ。ユリア様はエスカー国で、愛する人と結ばれてとても幸せに暮らしている、と」

――ああ、そんなことが叶ったら、どんなにいいだろう。

全ては可能性の話だった。まだなに一つ実現してはいない。なのに、少しだけ涙ぐんでしまったユリアは頬を染めて目元を拭う。

「……ありがとう。そう二人に伝えられたら、とても……とってもとっても、嬉しいわ……！」

ユリアがぱっと破顔した瞬間、一粒だけ涙がこぼれて地面に落ちる。それを視線で追いかけたノエルがふと、天井を仰いだ。

気づけば太陽はずいぶんと天辺に近づいていて、彼を送り出すべき時間はもうすぐそこまで迫っていた。

「――ユリア様。最後に一つ、お願いがあるのですが」

あらたまったように切り出したノエルに、手巾《ハンカチ》で涙を拭き取ったユリアは微笑んで頷き、首を傾げた。

「なにかしら？　私にできることならなんでも言って？」

「では……口づけして、いただけないでしょうか？　別れの挨拶として」

「え……!?　っと、頬で、いいのかしら……？」

一瞬唇かと思って動揺したものの、いやそんなはずはないと思い直す。

しかしノエルはにっこりと笑ったまま、いいえと首を横に振った。

「唇にお願いします。〝キスは特別な人に気持ちを伝えるためにするもの〟でしたよね？　これでお別れなので、今だけ、ユリア様の〝特別な人〟に私も入れていただけないでしょうか？」

自身の胸元に手を当て、キラキラとした瞳でお伺いを立てるノエルに、無理強いをしようという気配は一切ない。だからこそユリアは迷った。彼には世話になったし、言葉では伝えきれないほど感謝している。

〝特別な人〟とは具体的にどういう人を指すのか、ベルンハルトからは教わっていない。だが、ユリアとしては、ノエルならそこに追加してもかまわないような気がする。

「わ、分かったわ。少ししゃがんでくれないかしら」

頭一つ分ほど背の高い彼が、目線を合わせるように膝を折ってくれる。

「目を閉じて」

お願いすると、彼は素直に従った。金色のまつ毛に縁《ふち》取られた目蓋が目の前でゆっくりと下ろされる。

ベルンハルト以外の人とキスするのは初めてだった。なんだか緊張する。あまり待たせるわけにもいかないので、ユリアはえいやっと思い切って——実際は、ほんのかすかに、ほんの刹那、唇を触れ合わせて、離した。

それでもノエルは嬉しそうに満面の笑みを浮かべた。その表情にどこかいたずらっぽいものを感じ取ってユリアが戸惑い気味に目をまたたかせると、彼の口角がひときわ楽しげに持ち上がる。

「ここで私から、ユリア様にお知らせがあるのですが——唇と唇の口づけは、特別な人なら誰とでもしていいわけではありません。恋人や夫婦の間のみでするものですよ」

「――え？」

「それではユリア様、お元気で」

最後に優雅なお辞儀をして、彼は颯爽と去っていった。


「どういうことなの、お義兄様《にいさま》！」

ノエルを送り出し、屋敷に駆け戻ったユリアが執務室の扉を慌ただしく開けると、手にしていた書類をとんとんと揃え、机の上に置いたベルンハルトが振り返る。

「ユリア、また呼び名が戻っている」

「あ……」

ベルンハルトと名前で呼ぶよう言われていたのに、ノエルの前でそう口にするのが照れくさくてお義兄様《にいさま》と言っていたら、すっかりもとの調子に戻っていた。

「……って、そんなことはどうでもいいの！」

「そんなこと……」

ベルンハルトが若干傷ついた顔をするが、今は本当にどうでもいい。

ユリアはしっかりと扉を閉めてつかつかと彼に歩み寄ると、声を潜《ひそ》めて、けれど語調は強めて非難の言葉を口にした。

「どうして唇へのキスは特別な人にするもの、なんて嘘を教えたの⁉　お義兄様《にい》のせいで私、ノエルにキスしちゃったじゃない……！」

「えっ……」

ベルンハルトは驚きの声を上げたあと、しばらくそのまま固まっていた。やがて「ああ……」と天井を仰ぎ、片手で顔を覆う。

ユリアは悲しいやら腹立たしいやらで涙目である。

「もう嘘はつかないって約束したのに……！」

「いや、待て。キスのことを教えたのはその約束をする前のことだろう？」

「すでについている嘘があるなら、約束した時点で全て白状するべきじゃない」

それには返す言葉がないらしく、ベルンハルトはぐっと黙り込む。それでも愛する妻がほかの男に口づけしたという事実は苦々しいものがあるようで、その顔はひどい渋面だ。

とはいえ彼のそれは完全なる自業自得だから同情の余地はない。

一番嘆きたいのはユリアだ。

ひどいわ。嘘つき。どうして。そもそもお義兄様《にい》はなんでも一人で勝手に決めすぎなのよ……などなど。ユリアがどこまでも恨み言を連ねていくので、ベルンハルトは降参とばかりに両手を挙げた。そして室内の長椅子に腰を下ろし、「おいで」と腕を広げる。どうやら妻のご機嫌をとろうとしているらしい。

そんなことで誤魔化されたりするものか、と思うものの、ベルンハルトに抱きしめてもらうのがユリアはことのほか好きなので結局はその膝に乗り、腕の中に収まった。

髪や頬を撫でる手の心地よい感触に身を預けていると、ささくれていた気持ちも少しは落ち着いてくる。などめるような声が顔のすぐそばで囁いた。

「そんなに彼とキスしてしまったのがいやだった？」

「……自分からしたんだから、いやとまでは言わないわ。それより悲しいのは、恋人としかしないものだって知らずにお義兄《にい》様としてたことよ」

耳に触れる吐息がくすぐったくて、ユリアはかすかに身じろぎした。

隙間なく密着した彼の身体に、わずかな緊張が走る。

「……僕とキスするのは、いやだった？」

「いやだったんじゃなくて……」

ユリアはきちんと説明しようと顔を上げたが、口にすべき内容を頭に思い浮かべて、なんとなく視線を逸らした。

「……そういうものなら、そういうものだ、って、知ったうえでキスしたかったの。恋人や夫婦だけでするなら、それって大切なものでしょう？　だったら最初から、お義兄《にい》様と同じ気持ちで受け止めたかったわ」

「ユリア……」

こんなふうに過ぎたことにこだわってしまうのは、面倒な態度だと自分でも思う。過去はどうやったって取り戻すことなどできないのだから。でも、だからこそ、嘘を教えた彼のことを恨めしく思ってしまうのだ。

名前を呼んだきり沈黙したベルンハルトが気になって、ユリアはそっと横目でその反応を窺《うかが》う。次いで、顔ごとそちらを向いた。

「な、なに笑ってるの？　私、怒ってるのよ？」

ベルンハルトは、それはもう甘ったるい笑みを浮かべて脂下《やに》がっていた。

「僕の妻が、あまりにも可愛くて……」

唇のあたりを手で覆ってこぼす彼の声音はたいそう悩ましげだ。寝言かと思う発言にユリアは頬を火照《ほて》らせた。

すると、彼はふざけた口調を改め、「それに」と続ける。

「最近のユリアは、遠慮なく感情をぶつけてくれるから、嬉しいよ。昔から、甘えてくれるときは素直だったけれど、やっぱりどこか壁みたいなものを感じていたからね」

その指摘はユリア自身も心当たりがあったので、応じる声は自然と小さくなってしまう。

「それは、そうよ。だって、私、自分のことをこの家のお荷物みたいに思っていたんだもの。お義《に》兄《い》様に対してだって、血を一方的にもらうことしかできなくて……」

「ユリア」

ほんの少しだけ語調を強めた彼に、分かってる、とユリアは頷く。

当時の自分だって、分かってはいたのだ。分かってはいても、申し訳ないと感じる気持ちはなくせない。それだけだった。

幸いにして、状況は変わった。ユリアは空気を変えるようにふっと肩の力を抜く。

「……だから、今はとても充実してるわ。新しいことを学ぶのは大変だけど、自分が役に立てると分かればやりがいがあるもの」

役に立てるというのはなにも薬に関することだけではない。

室内の机の上に目をやると、そこにはうずたかく積まれた書類がある。クニューベル家のここ数年の帳簿と屋敷の管理記録だ。

ベルンハルトとコントラクトを結んだことで、ユリアは次のクニューベル夫人となることが決まった。ゆえに現在、彼から屋敷の管理業務を引き継ぐべく日々仕事を教わっている。

なにもかもを義兄に委《ゆだ》ね、狭い世界で生きてきた自分にとって、人や物やお金を自分の判断で動かすのは、これまでとは比較にならないほど重大な責任が伴うことだった。

ともすれば怖気づきそうになるユリアにベルンハルトは繰り返し言った。『失敗したら、そのとき考えればいい』と。

『誰だって間違いはする。だから、絶対に間違わないように、じゃなくて、間違ったと気づいたときにどれだけのことができるかを考えるんだ。大丈夫だよ。しばらくは僕がついているし、屋敷の者たちだってユリアの味方だ。なにかあったら手を貸してくれる。だから、ユリアの思うとおりにやってみなさい』

いつだってなんでも一人でこなしてきたみたいな顔をしている彼がそんなふうに語るのが意外すぎて、その言葉は強く印象に残っている。

だが、数日一緒に屋敷の業務を回してみて理解した。人の上に立つにはまず、人を信じることから始めなければならない。

孤高の存在のように言われるベルンハルトも、そのことはよく理解しているのだろう。だからユリアに最初に教えてくれた。責任の重さは変わらないが、全てを一人で背負い込む必要はないと知るだけで、肩にのしかかる重圧は軽くなった。

クニューベル家を、ひいてはエスカー国を支えるために、自分がすべきこと。それはまだ最初の一歩を踏み出したばかりのユリアにはとても全容を推し量ることなどできない。だが、未知の未来をむやみに恐れる気持ちはもうなかった。

ユリアの世界は少しずつ確実に広がりはじめている。

「そろそろ船が出港する頃だな」

窓の外に目をやっていたベルンハルトがそう口にする。つられてユリアも外を見た。

空は晴れ渡り、出立には絶好の日和だ。

旅立つ間際にノエルが話していたことを思い出し、ユリアはそれを義兄に——自身の夫に話した。

「ノエルがそんなことを……」

その名を出してももうその声音に不機嫌な色は見受けられなくて、どうやらキスのことは許したらしい。たとえ許さなかったとしても、ノエルは間もなくこの国を離れてしまうので、怒りの矛先を向ける先はないのだが。

果たして彼は、ユリアの両親に出会うことができるだろうか。

秘薬が通されていた鎖は、今はなにも飾りのない状態で首にかかっている。ベルンハルトがそこに下げるに相応しい装飾を近々作って贈ってくれるらしい。その重みのない鎖をユリアは服の上からぎゅっと握る。

実母はきっと、娘が誰かとコントラクトを結ぶ未来を見据《みす》えて秘薬を託してくれたのだろう。

両親がコントラクトを交わしていないのは、実父の主義によるところが大きいのだと思う。変わり者だと言われて、この国を出ていったヴァンパイアだから。だが、それを娘にまで押し付けるつもりはなかったらしい。

むしろ、このエスカーで、誰かと結ばれて幸せに生きていくことを望んでくれていた。

そんな両親の愛に思いを馳せるたびに、ユリアも強く願わずにはいられなかった。

彼らがこの空の下のどこかで平穏に暮らしていることを。

そしていつか、自分が幸せであることが、彼らの耳に届けばいいのに。

愛する人の腕に抱かれながら、ユリアはそんなふうに考えた。

後日談――いつかの未来で

強い風が吹いていた。淡青《たんせい》の空を映した湖面には、いくつものさざなみがたっていた。

凍《い》てつく冬の終わりに吹く風は、エスカー国に春の訪れを知らせるものであり、同時に恵みをもたらすものでもある。

恵みとはすなわち、南の国から訪れる交易船だ。湖の北側を覆う氷が溶けると、風を動力にした帆船が、エスカーで生産される貴重な資源を求めてやってくる。ここ十数年においては、ルッソ商会の大型船がその先陣を切るのがお決まりとなっていた。

港から長く延びた桟橋の上をベルンハルトが歩いていくと、入港したばかりの船から真っ先に降りてくる大柄の男がいる。肩下まで伸びたアッシュブロンドは雑に縛り、腕まくりした袖から覗く肌はよく日に焼けた小麦色だ。一見船乗りにも見える風体だが、彼こそがルッソ商会の主、ルチアーノ・ルッソだった。

ルッソ商会ほどの大商会の主が直接荷の引き渡しに立ち会うことはかなりめずらしい。しかし、律儀なこの男は毎年最初の交易時には必ずエスカー国を訪れていた。

彼は豪快な足取りでベルンハルトの前までやってくると、気心の知れた旧友に対するような気安さでニカッと歯を見せて笑った。

「一年ぶりですね、ベルンハルト様。昨年もお世話になりました。新しく取り引きを開始した布地はたいへん好評でしたね。確か、極北の森に自生する固有植物を原料にしたものでしたか。今まで見たことがないような独特の風合いが各国の王侯貴族にたいへん人気で、次の入荷を待っている方が大勢いらっしゃるんですよ。今年もいい取り引きができることを期待しています」

筋肉のついた太い腕が握手を求めて差し出される。硬くごつごつした男の手をベルンハルトは躊《ちゅう》躇《ちょ》なく握った。

「こちらこそ。我が国の民も、あなたの商会の品物が届くのを今か今かと心待ちにしていた。今年もよろしく頼む」

「なら早速、積み荷の検閲に入っていただきましょうか」

そう言ってルチアーノが紐で綴《と》じられた紙束を差し出す。それには船に積み込まれた品物が一覧で記載されていて、検閲はそれと照らし合わせながら行われるのだ。

実際に品々を検《あらた》めるのは部下たちなので、普段のベルンハルトはその一覧をざっと見るだけだ。そこで問題なければ、背後に控える部下にすぐに渡してしまう。

しかし、今回に限ってはそうはならなかった。最初のページに記されているとある品目の数量がいつもの十倍近くあることに気づいたのである。最初のページ——そこに書かれているのは、ルチアーノからエスカーへの贈呈品だ。

「蜂蜜の数量が、例年よりも多いようだな」

「ああ、昨年は各国で蜂蜜が豊作でしたからね。多めにお持ちしたのです。お好きでしょう?」

既知の事実を確かめるかのように尋ねられ、ベルンハルトはわずかに戸惑った。蜂蜜が好物だったことは人生で一度もない。

「特に好きというわけではないが……そんなふうに話したことがあっただろうか」

ベルンハルトがやんわりと否定すると、ルチアーノもおやと眉を上げる。

「初めてエスカー国を訪問したときでしたか、手土産として持参した蜂蜜をお見せしたら、ベルンハルト様がほんのかすかに口元を緩めていらっしゃったので、てっきりお好きなのかと……。そのあとも蜂蜜だけ手ずからお持ち帰りになっていましたよね? だから、毎年欠かさずお贈りするようにしていたのですが……そうですか、勘違いでしたか」

ハハッとルチアーノはさして恥ずかしそうな素振りもなく笑う。

彼の思い違いの理由を聞いて、ベルンハルトは少々面映《おもはゆ》い気持ちになった。

「いや……勘違いではない。蜂蜜は、妻の好物なんだ」

まさか初対面のときにそんな些細な心の動きを見抜かれていたとは、と感心する。豪快そうな見た目に反して彼は他人の機微に相当鋭いようだ。手土産ならば自分の好物よりもユリアの好物のほうがはるかに嬉しいから、ルチアーノの選択は正しい。

ベルンハルトがわずかに含羞《がんしゅう》を覗かせると、彼は微笑ましそうに口角を上げた。

「なるほど。……今だから言えるのですが、ベルンハルト様に初めてお会いしたとき、無表情でとっつきにくいお方だなあと思ったのです。だから、ふと垣間見えた微笑がたいへん印象深く記憶に残っておりまして。年を追うごとにベルンハルト様も丸くなりましたよね。それも奥様の影響でしょうか？」

「……そうかもしれないな」

ベルンハルトは苦笑する。

自分の他者を寄せ付けない性質は生来のものだが、近頃は以前よりも話しやすくなったと部下に言われることがちらほらあった。名実ともにユリアを手に入れたことで、周囲の者に対する認識が、警戒すべき相手ではなく、ともに未来を築いていく仲間に変わったということなのだろう。

「奥様と言えば、手紙を預かってきております」

「手紙？」

「ええ、こちらです」

懐《ふところ》を探ってルチアーノが取り出したのは、きっちりと封がなされた封筒だった。受け取ったベルンハルトは裏面に書かれた差出人の名前を見て目を瞠《みは》る。

「名前は確か、ノエル、と言っておりました。金髪碧眼の美しい騎士様が商会を訪れて、手紙を私に託されましてね。十年以上前にエスカー国から出立する際、我が商会の船に乗ったそうで、それを覚えていたようです。次にエスカー国に向かうとき、奥様に――ユリア様に、渡してほしいと」

ベルンハルトは自身の補佐として連れてきた政務官を素早く呼ぶと、「ここは任せた」と短く指示した。そして再びルチアーノに向き直る。

「申し訳ないが、しばらく外させてもらう。大切な手紙を送り届けてくれて感謝する」

胸に手を当てて頭を下げると、彼にもその手紙がいかに大切なものか伝わったらしい。

「ええ、ええ。どうぞすぐに届けてさしあげてください」

笑顔で送り出してくれるルチアーノに軽く頷き、ベルンハルトは港をあとにした。


久しぶりの交易船の来訪で夜まで帰宅しないはずの夫が早々に屋敷に戻ったため、迎えに出てきたユリアはたいそう驚いた顔をしていた。

「まだ検閲は終わってないわよね？　もしかして仕事を中断してきたの？」

玄関ホールで首を傾げる彼女の声音には、咎《とが》めるような色がにじんでいた。

結婚してからさまざまなことを学び、国の事業に携《たずさ》わるようになったユリアは、この十数年で輝くような成長を遂げていた。最初はクニューベルの屋敷の管理と医療施設の手伝いを引き受けるだけだったが、自発的に活動領域を広げようとするまでそう時間はかからなかった。今では数人の班を作って取り組んでいる森の植物の研究も、はじめにやりたいと言い出したのは彼女で、それが新しい輸出資源の発見につながった。

現在のユリアは自身の夫に対しても堂々と意見を言うし、ときには間違いを指摘することまである。そんな変化をベルンハルトは感嘆と喜びをもって受け止めていた。

とはいえ今の彼女の身体は大切な時期なので、ベルンハルトはひとまず手近な応接間にユリアを連れて行って長椅子に座らせる。喜ばしい知らせに浮かれて足をもつれさせたりしたら大変だ。

「仕事はほかの者に任せてきたから、心配しなくていい」

「だとしても、仕事を押し付けて屋敷に帰ってくるなんて、上に立つ者としてよくない行いだと思うわ、ベル」

ベルというのは、ユリアだけが使うベルンハルトの愛称だ。当初彼女は夫を名前で呼ぶことになかなか慣れてくれなかったので、閨事《ねやごと》の最中に呼ぶ練習をさせてみたところ、この呼び方が定着することになった。ベルンハルトという名前は長くて、容赦なく攻め立てられていては最後まで言えない。そんなふうに可愛らしく訴えられてしまっては、女の子みたいな愛称も喜んで受け入れようというものだ。

妻だけが呼べる特別な響きに満足感を覚えつつ、ベルンハルトは隣に腰を下ろして彼女の手を握る。

「分かってるよ。こんなことは今日だけだ。君にこれを早く届けたかったんだ」

そう言って小さな手の上に先ほど渡された手紙を載せた。

「――私宛て?」

「ああ。ノエルから託されたとルチアーノが言っていた」

懐かしい人物の名前に、ユリアの目が大きくなる。封筒を裏返した彼女はそこで呼吸を止めた。

「実父《おとうさま》と実母《おかあさま》からだわ……」

震える指先で丁寧に封を開けると、中に入っていたのは一枚の便箋《びんせん》だった。そこに綴《つづ》られているであろう文字を紅《くれない》の瞳がたどたどしくも追っていく。その様子をベルンハルトはじっと黙って見守っていた。

やがて最後まで読み終えたらしいユリアが便箋《びんせん》から顔を上げる。

「近いうちに、会いに来るって……お父様とお母様が……」

そう口にする彼女は、まだ現実の出来事だとは信じきれていないようで呆然としていた。便箋《びんせん》を手渡され、ベルンハルトもその内容に目を通す。

「……ああ、確かにそう書かれているね」

数十年離れていた娘に宛てた手紙にしては、簡素な内容と言えるのかもしれない。

偶然出会ったノエルからユリアの結婚を耳にしたこと。祝福の言葉。そして近々会いに行くこと。綴《つづ》られていたのはたったそれだけだ。だが、これしか書けなかった理由は容易に察しがつく。

彼らは秘密を抱えた逃亡者だから、他者を介して送る手紙に不用意なことは書けない。

それでも――近々会える。それだけで十分だった。積もる話は顔を合わせたときにすればいい。

彼らがこれまで一度もエスカーに姿を見せなかったのは、娘を少しでも危険から遠ざけておきたかったからなのだろう。だが、ユリアはコントラクトによって猛毒の血を失った。魔女の秘薬を追う者たちにユリアが害されるおそれはもうなくなったのだ。だから、彼らはエスカーを訪れることに決めたのだろう。

ベルンハルトの肯定を得て、ユリアもようやく実感が湧いてきたらしい。

「嬉しいわ……嬉しい。近々っていつかしら？　どうしよう、待ちきれないわ！」

立ち上がって飛び跳ねようとまでする妻をベルンハルトは慌てて押さえ込む。

「落ち着いて、ユリア。危ないから」

「そ、そうね……」

頷いて再び長椅子に戻ったユリアは、まだあまり膨らんでいない自身のお腹を愛おしげに撫でた。そして気づいたように言う。

「むしろ、ゆっくり来てもらったほうがいいかもしれないわね。そうしたらこの子にも会ってもらえるでしょう？」

こちらを見上げて、ふふふ、と笑う妻の幸せに満ち溢れた顔があまりにも可愛すぎて、ベルンハルトもごく自然に笑顔になる。

「そうだね。会ってもらえるといいね、僕らの子供に」

「うん！」とユリアが明るく答えて、甘えるように身を寄せてくる。

なによりも大切な存在がこの腕の中にいる幸福を噛み締めながら、ベルンハルトは慈しむようにそうっと、自分たちの子供が宿るその場所に手を触れさせた。

この作品に対する皆様のご意見・ご感想をお待ちしております。

おハガキ・お手紙は以下の宛先にお送りください。

【宛先】

〒150-6008 東京都渋谷区恵比寿4-20-3 恵比寿ガーデンプレイスタワー8F
（株）アルファポリス　書籍感想係

メールフォームでのご意見・ご感想は右のＱＲコードから、
あるいは以下のワードで検索をかけてください。

アルファポリス　書籍の感想　検索

ご感想はこちらから

義兄《ぎけい》ヴァンパイアは毒《どく》の乙女《おとめ》を囲《かこ》い込《こ》む

むつき紫乃（むつき しの）

2023年 8月 31日初版発行

編集－堀内杏都
編集長－倉持真理
発行者－梶本雄介
発行所－株式会社アルファポリス
〒150-6008 東京都渋谷区恵比寿4-20-3 恵比寿ガーデンプレイスタワー8F
TEL 03-6277-1601（営業） 03-6277-1602（編集）
URL https://www.alphapolis.co.jp/
発売元－株式会社星雲社（共同出版社・流通責任出版社）
〒112-0005 東京都文京区水道1-3-30
TEL 03-3868-3275
装丁イラスト－泉美テイヌ
装丁デザイン－AFTERGLOW
（レーベルフォーマットデザイン－團 夢見（imagejack））
印刷－図書印刷株式会社

価格はカバーに表示されてあります。

落丁乱丁の場合はアルファポリスまでご連絡ください。

送料は小社負担でお取り替えします。


ISBN978-4-434-32476-5 C0093